Hans Leip

Die Klabauterflagge

oder
Atje Potts erste und
höchst merkwürdige große Fahrt

Mit einem »Rückblick« des Autors
und einem Nachwort von Karl Kröhnke

Unionsverlag

Die Erstausgabe erschien 1933
im Insel Verlag, Leipzig.

Im Internet
Aktuelle Informationen, Dokumente, Materialien
zu Hans Leip und diesem Buch
www.unionsverlag.com

Unionsverlag Taschenbuch 658

Rieterstrasse 18, CH-8027 Zürich
Telefon +41 44 283 20 00, Fax +41 44 283 20 01
mail@unionsverlag.ch

Reihengestaltung: Heinz Unternährer
Umschlaggestaltung: Martina Heuer, Zürich
Umschlagbild: Emile Claus (1849–1924), *Abschleppmanöver im Nebel,* 1918

Druck und Bindung: CPI – Clausen & Bosse, Leck
ISBN 978-3-293-20658-8

Käpt'n Pott

Als ich so um zehn herum war, wartete ich manchen Abend am Hafen, wartete auf meinen Vater, der dort seine Arbeit hatte. Jedoch auch wegen Käpt'n Pott wartete ich, ging sogar deswegen besonders früh hin. Denn Käpt'n Pott pflegte mir Gesellschaft zu leisten, wenn man es so nennen will. Er stand nämlich gewöhnlich schon an der St. Annenbrücke, wo es in den Freihafen geht, und ich setzte mich stillschweigend neben ihn auf das schmiedeeiserne Geländer. Der behaglich geruhsame Mann sagte dann anfangs auch nichts. Seine klaren, wasserblauen Augen blickten den Zollkanal hinab in die westliche Helle, wo der Hafen sich zum Strom öffnet und der Dampferqualm sich mit der sinkenden Sonne mischt, damals wie heute. Bedächtig sog Käpt'n Pott an seiner Tabakspfeife. Und manchmal glaubte ich wohl, er habe gar nicht bemerkt, dass ich schon da sei, oder wolle es nicht bemerken. Auf einmal aber – wie gespannt und ungeduldig erwartete ich diesen Augenblick – hob er seine große furchige Hand und rieb sich den kurzen grauen Spitzbart, was ein knisterndes, kratziges Geräusch gab, das ich durch allen Hafen- und Straßenlärm vernahm und über die vielen Jahre hin bis in diese Stunde zu hören vermeine. Es war ein angenehmes Signal, war das Zeichen für eine der schönsten Angelegenheiten des Lebens, für eine abenteuerliche Geschichte.

Eine besondere Geschichte

Von den vielen Geschichten, die mir Käpt'n Pott aus seinem bewegten, fahrtenreichen Seemannsleben erzählt hat und die zumeist kurz und in halbem Selbstgespräch in den Wind gemurmelt waren, ist mir zumeist nichts als ein brandender, atembeklemmender Nebel in der Erinnerung geblieben, darin noch immer berauschend und zehrend die Worte funkeln: die See, die See, die weite Welt.

Eine einzige Geschichte nur war länger: die von der Klabauterflagge. Sie zog sich über mehrere Abende hin und war anscheinend mehr als die anderen an mich gerichtet, spielte sie doch in einer Zeit, da Käpt'n Pott selber so alt war wie ich, und man kann sich denken, dass ich diese Geschichte nicht vergessen habe. Soll ich das alte Seemannsgarn noch einmal auftütern und von Neuem spinnen? Gut, ich will es versuchen und will denken, ich wäre noch ein kleiner Junge wie damals, und das Leben läge noch vor mir. Käpt'n Pott – wie fing es noch an?

Ja, so fing es an:

Atje Pott kommt nach Cuxhaven

Wenn sie auch alle sagen, mein Jung, dass es die nicht gibt, die Klabauterflagge – begann Käpt'n Pott –, so sag ich dir, es gibt sie doch. Mein Vater war von einer Reise nach den neuen Südseeinseln nicht wiedergekommen, als ich eben zur Schule ging, und als ich zehn war, starb auch meine

Mutter, sodass ich, da ich keine Geschwister hatte, plötzlich mutterseelenallein dastand und bei Nachbarn lebte, bis die Behörde eine ältliche Tante von mir aufgestöbert hatte, die in Cuxhaven wohnte. Somit wurde ich denn bei ihr untergebracht. Sie wohnte gleich hinterm Deich in einer winzigen Strohkate. Sie war Witwe, ihr Mann war im Kriege gegen den großen Napoleon vor Paris gefallen, denn er war Schneider und nicht Seemann gewesen. Tante Geesch hatte davon immer noch eine kleine Rente, aber damit es besser reiche, zumal ich ihr auch noch in den Futternapf gefallen war, vermietete sie eine Stube an einen Fischer, sodass für uns nicht viel Platz übrig blieb und sie in der Küche, ich aber unterm spitzen Giebel auf dem dustern Rumpelboden schlafen musste. Da machten sich manche Nacht die Mäuse lustig, und die Sterne glupten durch die undichten Strohwische.

Fischer Matten

Ich hörte aber auch durch die lockere Diele den Fischer in seiner Stube rumoren und fuhr aus mancher süßen Stunde Schlafs erschreckt zu Höcht, wenn er nachts plötzlich zu singen begann. Und mir wurde bald klar, warum er anderswo kein langes Unterkommen hatte finden können, weil er nämlich ein bisschen überspönig und durchgedreht schien, was Tante Geesch nicht weiter störte, denn sie war halb blind und taub. Mich störte es eigentlich auch nicht lange. Matten – so hieß der Fischersmann – war nämlich sonst ganz nett, wenigstens zu mir. Er war noch nicht alt und fürchterlich groß und auch ziemlich kräftig mit der Faust, weshalb ihm die Männer aus dem Wege gingen. Freunde hatte er keinen einzigen da in Cuxhaven, und aus Mädchen schien er sich nicht viel zu machen bis auf eine, die rund und drall und blond wie ein ungeteertes Tau war, aber auch ebenso wenig haltbar für einen Fischersmann, weil sie von einem großen Bauernhof herstammte und höher hinauswollte als auf einen einfachen Buttkahn. Wovon du ja, Himmel Dank, noch nichts verstehst, mein Küken, und ich damals auch nicht, wenngleich er es mir mächtig trübselig erzählte. Ob nun von dieser unglücklichen Liebe seine Übergedrehtheit herstammte, weiß ich nicht. Er hatte zum Beispiel die Angewohnheit, an jeder Türklinke, bei der er vorbeikam, mit dem Finger anzutippen, ganz gleich, wo es war, und dabei zu knurren: Dee is dat nich! Und jedermann, der es gerade hörte, horchte ängstlich und ärgerlich auf; denn man sagte diesem Fischer namens Matten nach, dass er spökenkiekerig sei, das heißt, dass er wisse, was kommen würde. Und wenn er nun beim Antippen einer Türklinke wie gewöhnlich sagte: Dee is dat nich!, so hörte man drinnen gleichsam aufatmen. Sagte er aber: Dee is dat!, so herrschte Furcht und Verzagtheit in dem betreffenden Hause, zweifelte doch nunmehr keiner, dass ein Unglück für die so »Betippten« prophezeit und im Anzuge sei.

Atje geht mit auf Fischfang

Mir machte diese geheimnisvolle Türtipperei übrigens mächtigen Spaß. Ich wich bald nicht mehr von Mattens Seite, um ja nicht zu versäumen, wenn er einmal sagen würde: Dee is dat! Leider aber sagte er es nie, oder nie, wenn ich dabei war, hatte mich aber ansonst rasch in sein Herz geschlossen und nahm mich mit auf Fischfang, falls es mit der Schule so hinkam. Er hatte einen kleinen deftigen Ewer. Damit segelten wir über die Watten bis hinter Buschsand oder Scharhörn und fischten Butt mit der Schleppkurre oder Stör mit dem Treibnetz. Es war manchmal tief Mitternacht, wenn wir unter der »Alten Liebe« wieder anlandeten. Als ich zum ersten Mal an Bord kam, war es März und die Witterung noch recht unfreundlich, und ich kann wohl sagen, dass mir die Schaukelei anfangs gar nicht behagte auf dem guten Boote, das im Hafen ganz nett groß aussah, auf der Weite der See aber recht klein wurde, kleiner, als zumeist die Wellen waren, die es denn auch ohne viel Federlesens wie zum Scherz hin und her warfen. Mir aber war nicht nach Scherz zumute. Die Seele wollte mir heraus, zumal wenn wir beim Störfischfang die Segel runternahmen und das lange Treibnetz Meter um Meter in das grausig dümpelnde Boot zogen. Da half aber nichts. Matten donnerte mich an, und so sterbensübel mir war, ich musste mit zupacken, besonders, wenn sich in den weiten Maschen mehr als ein fetter Stör verwickelt hatte und kräftig um sich schlug und seine spitzige, dreieckige, schnippische Schnauze wild in die Luft stieß, als wolle er uns durchbohren.

Da sah ich erst, über welch gewaltige Kräfte der ungeschlachte Matten verfügte. Wir fingen ein paarmal Störe von vier Metern Länge und darüber. Er aber ging mit ihnen um, als ob es Morgensemmeln wären, und da unsere Bünn, unser Fischbehälter, zu klein war für die Riesenviecher, so schor ihnen Matten ein Ende Leine durch Maul und Kiemen, knotete eine Schlinge, band den freien Tamp gut am Bootsbord fest und warf den Fisch wieder ins Wasser. Der Stör war auf diese Weise gezwungen, wie ein artiger Hund hinter uns herzugondeln, verzweifelt und stumm; denn eine Stimme, sich zu beklagen, hat er nicht.

Atje wird kräftiger

Allmählich gewöhnte ich mich an das große Auf und Ab der See. Ich begann, breitspurig einherzutrampeln, meine Fäuste wurden hart, und wenn auch meine Schularbeiten nicht glänzender ausfielen und ich verschiedentlich mitten in der Stunde vor Müdigkeit den Kopf auf die Bank sinken ließ und wegen der halb durchwachten Nacht und geleisteten Anstrengung glatt einschlief, so brachte mir das wohl manche Rüge und manches Fellvoll ein, jedoch nur vonseiten des Lehrers. Meine Klassenkameraden merkten bald, dass ich nicht mehr der blasse Säugling aus der Großstadt war wie zu Anfang. Ich nahm es im Laufe weniger Monate mit den gefürchtetsten Flegeln zu deren Nachteil auf. Zwar war ich erst zehn Jahre, aber ich hatte verlernt, bange zu sein. Was mir an Muskeln noch mangelte, ersetzte ich durch Mut und Fixigkeit. Mein Vorbild war Fischer Matten. Ich wünschte, dass mir, genau wie ihm, alle aus dem Wege gehen sollten. Und obschon mein Rufname Arthur war, wofür man an der Küste gemeinhin Atje sagt (wie denn Matten zum Beispiel von Matthäus hergeleitet ist), nannten mich bald viele hinterrücks Lütt Matten, was ich aber nicht als Spott, wie sie wohl beabsichtigten, sondern als Ehre auffasste.

Matten spart

Matten verkaufte seine Butt und Stör an einen größeren Ewer, der sie sammelte und sie teils frisch, teils gesalzen, geräuchert oder gedörrt bei günstigem Wind nach Hamburg auf den Markt oder in die Hotels brachte. Matten lebte sehr mäßig. Nur sonntags trank er ein großes Maß Braunbier, begnügte sich anderweitig aber mit Kaffee und Wasser zu der gewöhnlichen Kost, wie sie die einfachen Leute noch heute an der Küste zu sich nehmen, als da ist Speck und Klüten, Erbsensuppe, Pellkartoffeln, große Bohnen, grobe Graupen, Buchweizengrütze mit Milch und überdies, was die See an Fisch liefert in allen gangbaren Formen der Zubereitung. Was Matten für Kost und Logis bei Tante Geesch zahlte, war nicht der Rede wert, weil der größte Teil in Fisch bezahlt wurde.

Und ich wusste wohl, dass er sparte, und kam auch dahinter, weshalb er nachts manchmal sang. Er zählte dann nämlich seine Groschen und wollte das Klimpern mit seiner dröhnigen Gesangbuchstimme übertönen, wollte aber zugleich sicher auch die bösen, neidischen und geldgierigen Geister und Gespenster abschrecken, die mehr als anderswo aus der See auftauchen, weil sie noch nicht genug vom Leben gehabt haben.

Atje will auch sparen

Wofür sparst du eigentlich, Matten?, fragte ich ihn eines Tages kühn.

Was geht dich das an, du Milchtopf!, antwortete er brummig.

Ich ließ mich nicht verblüffen, sondern bemerkte nach einer Weile trotzig: Ich will auch sparen. Ich brauch nämlich erst mal ein Paar vernünftige Seestiefel. Ich will nicht dauernd nasse

Füße kriegen in deinem Kahn, und darum will ich von jedem Stör, den wir hochkriegen, zwei Pfennig abhaben.

Matten sah mich nach dieser in einem Zug hingeratterten Erklärung eine Weile an. Seine weißlichen Augen waren nachdenklich. Er kratzte sich den gelben Struppbesen, der auf seinem Schädel wuchs, und knurrte: Bist du schon ein Kerl, dass du Stiefel statt Windeln haben musst? Dann zeig auch, was du kannst. Nächste Woche hast du Ferien, da seilen wir nach der Doggerbank auf Kabeljau. Voriges Jahr hab ich mir einen Knecht geheuert, weil nicht einer alles kann. Diesmal kannst du mit. Einen Pfennig für jeden Stieg Dorsch. Willst du mit oder nicht? Topp, klar und okee!, lachte ich da. Doggerbank? Damit taten sich die großen Fischkutter dick. Wollen wir schon schmeißen, Matten!, sagte ich.

Schön, Atje!, reichte er mir da die mächtige Flosse: Du bist also angemustert, und ein Paar alte Seestiebel hab ich auch noch für dich.

Sie gehen an Bord

Da wir mehrere Tage, vielleicht sogar eine Woche unterwegs bleiben würden, stauten wir die nötigen Vorräte in die kleine Kajüte, darunter richtiges Hartbrot oder Schiffszwieback, auf den ich mich am meisten freute, weil ich ihn noch nicht gegessen hatte, und auch genügend Frischwasser, das in Cuxhaven seit jeher vortrefflich war. So närrisch es scheint, Wasser mit aufs Wasser zu nehmen, es ist nun mal das Wichtigste an Bord; denn der Mensch kann eher längere Zeit hungern als Durst leiden, und Seewasser ist für die innere Befeuchtung schlecht geeignet.

Früh, es war noch fast Nacht, verließen wir das Haus. Tante Geesch schlummerte noch. Ich hatte den Kaffee selber für uns gekocht. Als wir nun auf der Straße waren, schien Matten seine Gewohnheit, an die Türklinken der Häuser zu tippen, ganz vergessen zu haben. Er stieg gleich auf den Deich, um den Wind zu prüfen. Der Wind war richtig und die Tide auch. Die Ebbe musste bald einsetzen und sollte uns hübsch aus dem Hafen und noch ein gutes Stück in See hinaussaugen.

Da war keine Sekunde zu verlieren, um die Kraft der Natur gehörig auszunutzen, und es war ein Segen, dass Matten keine Zeit vergeudete mit seiner Spökenfaxerei. Er hatte auch eigentlich keinen Finger frei dafür, sondern war gebührend mit Ölzeug und Taukram beladen.

Matten »tippt« zum letzten Mal

Matten aber besann sich plötzlich, drehte sich um, polterte den Deich wieder hinunter und ging auf Tante Geeschens Haus zurück, tippte da mit großem Schwung an die Klinke, als wolle er sozusagen Vergessenes alles in allem nachholen und zudem gleichsam auf Vorrat »tippen«, so nachdrücklich machte er es, und so deutlich, dass ich es in der Morgenstille und durch den Säuselwind bis auf die Deichkrone hören konnte, knurrte er: Dee is dat!

Mit zufriedenem Gesicht kam er dann wieder herauf, während ich mein Herz vor Grauen laut klopfen hörte. O Himmel, was sollte das bedeuten? Würde nun die arme alte Tante Geesch in unserer Abwesenheit Entsetzliches erleben? Würde das Haus abbrennen? Würde ihre geliebte Katze sterben? Oder würde sie gar selber krank werden und womöglich die Augen für immer schließen? Die gute alte Tante Geesch! So taub und wortkarg sie war, auf einmal fühlte ich, wie lieb ich sie hatte und dass sie immer wohlwollend zu mir gewesen, mein zerrissenes Zeug geflickt, meine Strümpfe gestopft, meine Wäsche gewaschen und für meine täglichen Mahlzeiten gesorgt hatte. Man muss bedenken, ich hatte keine Mutter mehr. Tante Geesch war an deren Stelle gerückt. Matten!, flüsterte ich darum ganz verstört: Was hast du gemacht? Was für ein Unglück wird da nun geschehen?

Matten wischte sich mit der beladenen Hand über Mund und Nase, zuckte die Schultern, stieg ohne ein Wort vom Deich zum Bollwerk hinunter und ging an Bord. Mir war, als müsste ich zurücklaufen, um Tante Geesch zu warnen, da sie sicher nichts gehört hatte. Da vernahm ich Mattens kräftigen Pfiff. Dieser Pfiff schloss jeden Widerspruch und jede Verzögerung aus. Und während ich ihm eilends folgte, schickte ich ein Stoßgebet zum Himmel und empfahl Tante Geesch und uns in des lieben Gottes Hand.

Qualmkästen

Wir setzten Segel und waren bei raumem Wind schon Neuwerk vorbei, als die Sonne hinter uns aufging. Die Küste der Heimat lag dünn und farblos wie ein verbrauchtes Stück Bindfaden am Horizont. Ich ahnte nicht, dass es ein Abschied für längere Zeit sein sollte. Helgoland tauchte rot glühend sonnbeschienen auf, erst klein wie ein Ziegelstein, darauf ein Zigarettenstummel steht, das ist der Leuchtturm. Dann aufwachsend und sich aufteilend in Felsen, Vorland, Sand und Häuser und danach wieder verblassend und sich zusammenziehend, wie es das ewige Gesetz der Entfernung unseren Augen vorzuspielen pflegt, klein wird groß und groß wird klein, ganz gleich welchen Standpunkt man dazu einnimmt. Und danach ging vor uns die Weite der See auf. Die ungeheure, schaukelnde, kreisrunde Scheibe Wasser, darüber der Himmel seine zumeist windgefüllte Schale stülpt.

Verschiedene große Schiffe begegneten uns. Meistens große Rahsegler, deren es damals noch haufenweise gab und die ohne Schlepperhilfe gen Hamburg klüsten. Aber auch einige Dampfer waren schon darunter, die aus langen Schornsteinen dicke Rauchschlangen in die Wolken ringelten und von gewaltigen seitlichen Schaufelrädern schnaufend vorwärtsgepaddelt wurden.

Ich verachtete laut diese neumodischen Sottpüster, so, wie ich es am Hafen von den echten rechten Seeleuten zu vernehmen gewohnt war. Matten aber lachte mich aus. Ich sei ein nasser Dummbart. Die schönen seilgeschwellten Briggs, Barks, Schoner, Vollschiffe und Fregatten, die würden alle kleinlaut bald hinter Scharhörnriff vor Anker gehen müssen und warten, bis das Wasser wieder auflaufe oder der Wind günstiger blase. Die Qualmkästen hingegen brauchten nicht lange die Flut abzulauern, sondern würden stracks weitertrudeln und keine Zeit verlieren. Und wenn er einst wieder anheuern würde, dann nur auf einem Dampfer. Und sei es unter der Klabauterflagge.

Atje hört, was es mit dem Klabautermann auf sich hat

Man sieht, Matten war auch in dieser Hinsicht ein ungewöhnlicher Mensch. Mir fiel das allerdings nicht weiter auf. Was Matten sagte, war mir bislang erwägungslos als pures Gold erschienen, und auch ich liebte von da an erstmals die Dampfschiffe. Aber was hatte er da von einer Klabauterflagge gebrummelt? Was ist es denn damit?, fragte ich wissbegierig.

Frag lieber nicht!, antwortete Matten, indem er einen Priem in Lee über Bord spie und die Segel etwas dichter holte. Ich schwieg gehorsam. Aber nach einer Weile fuhr Matten fort: Nur so viel will ich dir verraten. Nämlich, was es mit dem Klabautermann an und für sich auf sich hat. Die meisten Babys, das weißt du ja wohl auch, kommen in den Himmel, wenn sie zufällig früh genug einsehen, dass es ihnen auf Erden nicht gefällt und das Leben Mühe und Arbeit ist. Es gibt aber hingegen andere Babys, deren Väter irgendwelche berüchtigten Seeräuber waren. Wenn nun diese Babys schon als Babys zu viel trinken und allzu laut fluchen, dann sagt der liebe Gott: Wohin soll das noch führen!, und lässt sie von seinen Engeln wieder abholen. Da sie aber wild und tobig von Natur sind und auch im Himmel immer bloß Seeräuber spielen wollen und Sankt Peters langen und breiten weißen Rauschewallebart höchst respektlos als Marssegel benutzen, so stört das selbstredend den Frieden der ewigen Seligkeit und das fortwährende Halleluja ein bisschen, und darum werden denn diese Babys gewöhnlich mit den nötigen Ausrüstungsgegenständen versehen, wie Ölzeug, Südwester, Seestiefel und Shagpfeife, und auf See gegeben, wo sie denn bald auf diesem, bald auf jenem Schiff mitfahren und ihr Unzeug treiben. Sehen tut sie natürlich selten jemand, da sie ja von Rechts wegen Engel sind. Aber manche Nacht hissen sie die Klabauterflagge am Besan hinten, da, wo sonst angesichts der Küste zur Tageszeit die Kontorflagge gesetzt wird. Wer plietsch genug ist, dem entgeht sie nicht, wenn er auf Hundewache steht und in die Sterne gafft. Und wer sie gesehen hat, der weiß Bescheid, dass dem Schiffe, darauf sie weht, noch manches bevorsteht.

Die Seestiefel

An dieser ulkigen Klabautersache fesselte mich am meisten, das muss ich gestehen, das Wort Seestiefel. Und als Matten sein Garn abgespult hatte, äußerte ich vorwurfsvoll: Matten, ich sollte doch noch ein Paar Seestiefel haben!

Gut!, erwiderte er: Versprochen ist versprochen! Gab mir das Steuerruder und die Segelschotleine, kroch in die kleine Kajüte und holte ein Paar uralte Tramper hervor. Ich entsetzte mich nicht lange über deren erbarmungswürdiges Aussehen, sondern zog sie, nachdem Matten den Steuermannsplatz wieder eingenommen hatte, voll Stolz und Freude an. Sie reichten mir fast bis an die Ohren, meine Füße konnten darin spazieren fahren wie eine Maus im Küchenspind, sie hatten zudem Luftlöcher übergenug nach allen Seiten. Aber was machte das? Ich fühlte mich groß und wichtig darin wie Däumling in den Siebenmeilenstiefeln, und mehr als das, ich fühlte mich nun als richtiger, waschechter Seemann.

Doggerbank

Ab und an übernahm ich das Ruder und steuerte nach dem angegebenen Kompassstrich Nordnordwest über die weite Nordsee. Währenddessen schlief Matten oder spielte auf der Handharmonika. Das Essen bereitete ich in meiner Freiwache auf unserm puppenkleinen Eisenherd. Auch nachts wechselten wir ab; denn wir blieben unter Segel. Es muss aber zu Mattens Ruhme gesagt werden, dass seine Freiwache kleiner war als meine.

Der Wind war günstig. Wir nützten die Zeit. Es sind rund hundert Seemeilen bis zur Doggerbank. Wir erreichten sie anderntags gegen Mittag.

Inzwischen hatten wir das Fanggerät zurechtgemacht. Es war keine Schleppkurre und kein Treibnetz wie sonst, sondern eine mächtig lange Leine, an die in armlangen Abständen ein Schock kurzer Leinen geknotet war, daran je ein Angelhaken hing. Als Köder hatten wir den Tag vor unserer Ausreise Sandwürmer am Neuwerker Strand gesammelt. Damit besteckten wir die Haken.

Wir blieben an einer Stelle, die Harries Silbergrube heißt, obschon sie nicht anders aussieht als die See ringsum, wie überhaupt die Doggerbank zu meiner Enttäuschung in keiner Weise sichtbar wurde. Denn sie ist wohl eine flache Stelle in der Nordsee, aber immerhin noch an die sechzig Meter tief. Matten erkannte die Gegend an der etwas helleren Färbung des Wassers und dem kürzeren Wellenschlag, auch hatte er den Ort nach Sonne, Uhr und Kompass berechnet. Gen West und Nord sichteten wir überdies eine Menge anderer Fahrzeuge, die schon lustig beim Kabeljaufischen waren.

Da zögerten auch wir nicht länger und setzten unsere Grundangeln ins Feuchte, kamen aber erst gegen Abend in ergiebige Fanggründe, angelten bei Vollmond die ganze Nacht und hatten gegen Morgen unser Boot schon halb voll. Es war glatte See. Wir ließen uns treiben. Der Wind war eingeschlafen. Wir frühstückten fröhlich und ruhten uns bis zum Mittag gehörig aus. Holten dann die Leinen voll wieder ein. Unsere Bünn lief über. Wir warfen die Beute so an Deck, das heißt, die Fische, die so frei der Luft ausgesetzt waren, nahmen wir aus, damit sie sich frisch erhielten. Die Leber verwahrten wir, denn daraus wird Lebertran gemacht. Das übrige Eingeweide verwandten wir teils zu Ködern, teils warfen wir es ins Meer.

Matten will nach England

Gegen Abend war unser Boot bumsvoll. Wir hatten kaum noch Platz für unsere Füße. Der Wind frischte auf. Er kam aus Südost, daher, wo weit hinter der Kimm Cuxhaven lag. Wir mussten also kreuzen, um nach Haus zu kommen. Weil das aber bei dem tief liegenden Kahn kein

Vergnügen war, änderte Matten plötzlich seine Absicht.

Wir fahren nach England!, knurrte er kurz und legte das Ruder herum.

Mir war es recht. Ich hatte ja Ferien. England, ein fremdes Land, anzusteuern, welchem Jungen hätte das wohl keinen Spaß gemacht? Es war inzwischen dunkel geworden. Matten ermaß den Kurs gen Hull aus den Sternen, zog aber auch Uhr und Kompass und seine alte Seekarte zurate, die er im Scheine der roten Backbordlaterne studierte.

Sturm

Die Reise ließ sich anfangs gut an. Doch gegen Mitternacht verfinsterte sich der Mond. Der Wind wurde härter und begann, heimtückisch auf unserer Takelung zu flöten. Die See warf sich gröblich auf. Wir mussten das Großsegel kleiner machen und schließlich die Vorsegel wegnehmen, um mit der Nase nicht zu tief ins Gegurgel gedrückt zu werden, das da aus der Dunkelheit hinter uns herjachterte, unser Heck grausig hochknuffte, an den Bordflanken weiß überzüngelte und vorm Bug krachend von dannen prasselte. Wie es denn so zu sein pflegt. Ich, in meinen Seestiefeln, fürchtete mich nicht, so glitschig das Geschäft auch damit war in dem üblen Tanz auf den glatten Fischen. Wir kriegten allerhand Wasser über. Da merkte ich denn bald, dass diese Seestiefel nur eine Zierde seien, mehr nicht, denn sie waren leck wie ein altes Sieb.

Anfangs freute Matten sich über unsere mächtige Fahrt. Lauthals pfiff er seine Nachtmusik, die er sonst beim Geldzählen angewandt hatte. Und auch ich überlegte mir zufrieden, wie viel ich wohl bei meinem ersten Dorschfang verdient habe. Bald aber übertönte der Wind Mattens Munterkeit. Es wurde sehr ungemütlich. Unser braver Ewer hopste umher wie drei Duhne auf Silvester.

Eine Weile sahen wir es mit an. Dann äußerte Matten: Wir liegen verdorri zu tief! Schmeiß die Fische über Bord!

Er musste brüllen, sonst hätte ich es nicht

vernommen bei dem Heulen des Sturms und dem Gedonner der Seen. Und auch so zögerte ich noch. Die schönen Fische! Sollte unsere Arbeit vergebens gewesen sein? Aber was half mein Ärger? Ich warf einen fetten Kabeljau nach dem andern über Bord. Es war eine dumme Arbeit bei dem Seegang, und mancher Fisch wurde mit einem Brecher wieder an Deck geschleudert. Ich zählte immer bis zwanzig. Dann holte ich erst mal Luft, und dann schrie ich wütend: Schon wieder ein Pfennig futsch!

Sie kommen nach Hull

Als das Boot leichter war, setzten wir wieder alles, was wir an Segeln hatten. Das war allerdings ein ziemlich hartes Unterfangen bei dem Wetter. Ich war schließlich zum Auswringen, teils vor Nässe, teils vor Schweiß, und vollkommen erledigt, sodass ich wie tot umfiel und fast von einer See weggewaschen wurde. Aber Matten hatte das Ruder festgebunden während der Arbeit an den Segeln und war zur Stelle und packte mich noch soeben und staute mich ins Logis und stopfte mich, nass, wie ich war, in die nasse Koje, wo ich schlief, bis dass die Sonne strahlte.

Ja, die Sonne strahlte wieder, aber sie war schon am Untergehen, als ich endlich an Deck kroch. Wir näherten uns der englischen Küste und erreichten noch vor Nacht die Einfahrt des Humbers. Es war eine Küste wie bei Blankenese an der Elbe. Mir gefiel sie gut. Ich war gänzlich wieder munter. Da es ebbte, warfen wir erst mal Anker, und nun schlief auch Matten ein paar Stunden. Mit der Flut gingen wir wieder ankerauf und kamen an einem schönen Julimorgen im Hafen von Kingston upon Hull an, legten am Bollwerk des alten Marktes fest und verkauften den bedauerlich mageren Rest unseres Fangergebnisses.

Da aber bei dem Sturm nicht viel Kabeljau an den Markt gekommen war, erzielten wir einen schönen Preis. Wir machten uns danach auch ein bisschen landfein und stiegen auf den Kai. Mit Genuss fühlte ich den festen Boden unter meinen Füßen, streichelte einen dreckigen Köter, dessen Bellen mir wie angenehme Musik klang, und folgte Matten in eine Gastwirtschaft, wo er nicht mit den guten Schillingen sparte, sondern Hammelkohl und Plumpudding auffahren ließ, auch einen Topf dünnes Ingwerbier für mich, während er selber einen riesigen Zinnbecher dicken Porters zu sich nahm.

Die Taverne zum Schweinskopf

Dies Lokal hieß Taverne zum Schweinskopf, was auch an dem Wirtshausschild vor der Tür zu erkennen war. Hier verkehrten Fischer und Seeleute. Die Flaggen der seefahrenden Nationen schmückten die Wände, von Pfeifenschmauch umqualmt. Matten trank gegen seine Gewohnheit noch einen zweiten Becher und einen dritten. Er wurde lustig und freundete sich mit manchem an, während er in Cuxhaven doch allen aus dem Wege gegangen war oder sie ihm. Und ich sah, wie er unser sauer verdientes Geld vergeudete, um andere einzuladen und sie auf Englisch mit Freund und Bruderherz anzureden.

Auch prahlte er mächtig mit seiner Vorliebe für die modernen Rummelkästen und Sottpüster, die Dampfschiffe, die damals noch wenig Verehrer hatten.

Der Nachmittag ging hin. Es wurde Abend. Ich hatte Hunger, aber Matten hatte nur Durst. Wo bleibt mein Anteil am Fang?, fragte ich: Es sind genau siebenunddreißig Pfennig.

Hast du längst vertrunken und vergessen!, entgegnete er. Seine Stimme war lallend. Ich schämte mich seiner. Ein kleines Mädchen, Tochter eines Lotsen, gab mir von ihrem Abendbrot etwas ab. Sie war lichtblond und kam mir wie ein Engel vor, aber von einer anderen Sorte als die Klabauterengel. Sie sagte auch, ich sollte nach dem Boot sehn. In letzter Zeit sei manches Boot gestohlen worden. Das würde dann gebraucht, um Pulver und Blei nach Dänemark zu schaffen, wo sie Krieg gegen Deutschland machen wollten.

Wo ist das Boot?

Ich dachte, es kann nicht schaden, ein bisschen frische Luft zu atmen, und ging mit ihr hinaus. Sie war ins Wirtshaus gekommen, um ihren Vater zu benachrichtigen, der am Törn war, ein Schiff in See zu lotsen. Es ist die Marabell!, sagte sie: Ein schrecklicher Radkasten, qualmt wie Großvaters lange Knasterpfeife.

Sie sprach Huller Hafenenglisch, ich sprach Plattdeutsch. Wir verstanden einander nicht ganz dem Worte nach, aber wir wussten doch ungefähr, was gemeint sei.

Als wir an das Bollwerk kamen, da war, weiß der Teufel, die Stelle kahl und leer, wo noch am Mittag unser guter Ewer gelegen hatte. Schadet nichts!, sagte da der gute Engel: Du kannst bei uns wohnen. Mutter wollte sowieso lieber einen Sohn haben als nur Töchter. Dann wirst du Lotse wie Vater, und wenn du groß genug bist, dann heiraten wir. Sieh, da kommt Cornelia, meine große Schwester. Die hat auch einen Seemann zum Verlobten und ihn grad an Bord gebracht.

Wäre ich zehn Jahre älter gewesen, dann hätte

solche Rede mein Herz sicher mit Rührung und eitel Wonne erfüllt. So aber lachte ich die kleine Blume, die so alt sein mochte wie ich, undankbar genug aus. Ich dachte nur an Matten und was er zu dem gestohlenen Boot sagen würde. Somit ließ ich das nette kleine Fräulein und deren große Schwester stehen und rannte spornstreichs zurück in die Taverne zum Schweinskopf.

Der späte Gast

Dort in der Gaststube war es leer geworden. Matten hatte den Kopf auf den Tisch gelegt und schlief laut schnarchend. Die letzten guten Freunde, da sie merkten, es sei nichts mehr zu holen, wandten sich grinsend ab. Ich rüttelte Matten an der Schulter. Er war nicht wach zu kriegen. Das Boot ist weg!, schrie ich ihm ins Ohr. Aber er hörte nicht.

Da saß ich denn nun mit ihm allein. Es war spät. Die Wirtin schlurfte zu mir heran. Geht an Bord!, sagte sie mitleidig, strich mir dann übers Haar, was mir innerlich wohltat, hatte es doch lange niemand getan, und ich war ja noch klein. Äußerlich aber tat ich unwillig und wollte ein Kerl sein so gut wie andere. Wo ist die Polizei?, sagte ich darum drohend: Unser Ewer ist weg.

Sie aber schüttelte den Kopf und entgegnete auf Englisch. Wir verstanden einander nicht. Und wie wir noch so herumrieten neben dem schnarchenden Mann, schlug es Mitternacht. Da schrak die gute Frau auf einmal zusammen, und die Lampe unterm Deckenbalken glusterte blakend auf. Es kam ein Zug von der Tür, die sich leise geöffnet hatte. Ein riesiger, breitschultriger, rotbärtiger Mann trat herein. Die Dielen ächzten unter seinen Stiefeln. Er sah sich finster um, winkte der Wirtin kurz, Platz zu machen, und setzte sich an unsern Tisch.

Das Angebot

Der Fremde tat, als sei ich nicht vorhanden, zündete sich eine Pfeife an, bestellte einen Becher Porter und betrachtete den schlafenden Fischer

Matten. Nach einer Weile schlug er ihm roh auf die Schulter. Matten hob knurrig und langsam den dicken Schädel, blinzelte mürrisch über den Tisch. Als er aber des fremden Mannes wildes und spöttisches Gesicht sah, stand er mit einem Ruck stur wie eine Kerze auf den Füßen und wollte dem Störenfried eins hinter den roten Bart pfeffern. Der jedoch, ohne sich sonst zu rühren, fuhr mit dem Stiefel hinter Mattens Knie. Zack, saß Matten wieder auf dem Stuhl und plierte verdutzt auf den Gast und mich.

Immer mit die Ruhe!, lachte dröhnend der fremde Mann und sagte in schlechtem Deutsch: Hör zu, Schiffer! Ich bin Kapitän auf der Marabell und brauch einen Heizer. Ihr seid der Richtige.

Matten war so verwundert, dass er keinen Ton hervorbringen konnte. Da griff ich ein: Irrtum, Käpt'n!, sagte ich mutig: Wir sind mit einem Fischewer hier und wollen damit nach Cuxhaven zurück. Und wenn er auch gestohlen ist, so werden wir ihn schon wiederkriegen.

Gestohlen?, stammelte Matten: Ich hab ihn nicht gestohlen. Den hat schon mein Vater ehrlich gekauft. Da habt ihrs!, polterte der Fremde:

Der eine sagte gestohlen, der andere sagt gekauft. Der Henker soll euch das auslöffeln und rausschmecken, was richtig ist!

Hier ist er gestohlen!, schrie ich ihn an. Aber der Mann wollte mich nicht verstehen. Donnernd sagte er: Immer besser! Hier sogar? Der Büttel wird euch gleich schnappen!

Und er blies seinen Pfeifendampf über mich hin, als sei ich nichts als ein Stück Stuhllehne. Willst du, oder willst du nicht?, fragte er Matten: Zehn Schilling Heuer den Monat. Hast ja genug geprahlt, dass dir die Dampfer lieber sind als die Seilschiffe.

Nö!, sagte Matten ganz verbaast und hieb matt mit der Faust auf den Tisch. Der Rotbart erhob sich gleichmütig, zahlte, trank seinen Becher leer und ging ohne weiteres Wort wieder davon.

Matten will noch nicht nach Haus

Alberner Gorilla!, brummte Matten, als die Tür sich geschlossen hatte. Auf einmal schien er gänzlich nüchtern und ausgeschlafen zu sein. Er sah mich zurechtweisend an und sagte: Gestohlen? Du meinst, sie haben uns den Kutter gestohlen? Du siehst, es ist schwer, zu sagen, was man meint, aber ich glaube nicht daran. Los! Es ist Zeit, an Bord, Atje! Wir haben eine lange Reise vor, wollen an die Shetland-Inseln ran, da ist jetzt das große Heringsgeschäft. Wozu haben wir sonst unser Schleppnetz mit? Was wir an Kabeljau missen mussten, die Heringsschwärme werden es uns wieder einbringen.

Das war eine lange, aber nicht unfreundliche Rede. Ich musste ein banges Gefühl heimlich verkneifen. Noch nicht nach Haus?, fragte ich verwundert. Was war Matten doch für ein Kerl. Vielleicht hatte er den Ewer heimlich an einen besseren Ort legen lassen. Ich machte eine fröhliche Miene. Die Welt war groß. Man musste früh anfangen, um keine ihrer Ecken zu versäumen.

Der Radau

Wir gingen also zum Hafen hinunter, aber an keine andere Stelle als an die, wo ich schön gewesen war. Da musste auch Matten einsehen, das Boot war weg. Matten begann nun, bei den anderen Kähnen anzuklopfen, die dort mucksstill und längst schlafend lagen. Er begann, an die Luken zu poltern, und zwar weniger zart als sein früheres Klinkengetippe, er nahm die Faust und dann sogar die Füße, und es ballerte mächtig in die nächtige Gegend. Da tauchte manch kojenstruppiger Seeschädel aus finsteren Niedergängen und verbat sich den Lärm, und Flüche, Schellfische und Transtiefel prasselten uns weidlich um die Ohren.

Betrübt zogen wir uns auf die Hafenrampe zurück. Und Matten begann, sich laut nach der Polizei zu erkundigen. Aber nicht lange, da huschte hinter einem Schuppen ein halbes Dutzend vermummter Gestalten hervor, die fielen kurzerhand über Matten her, und da sie nicht nach Polizei aussahen, legte er drei von ihnen auf das schmutzige Pflaster. Und auch ich war nicht faul, in den Knäuel hineinzutrimmen, soweit es in meiner

Kraft stand. Doch der viele Porter hatte Matten zu sehr mitgenommen. Er wurde gebunden wie ein Schaf, das geschoren werden soll, während man mich mit einem Fußtritt hinter eine leere Schnapstonne beförderte.

Von da aus sah ich, wie man Matten forttrug und ihn ein Stück weiterhin über das Bollwerk hinunterwarf. Entsetzt rappelte ich mich auf und lief hinzu. Denn ich meinte, man habe meinen guten Steuermann elendiglich ins Wasser geworfen. Da sah ich auch die Kerle über die Rampe jumpen, und als ich heran war, erkannte ich eine Jolle unter der Hafenmauer, in die sie allesamt gesprungen waren.

Ohne Besinnen sprang ich hinterher. Was sollte ich denn wohl allein ohne meinen Matten in der fremden Stadt? Einer der Burschen wollte mich sofort über Bord schmeißen, jedoch ein anderer fiel ihm in den Arm und sagte: Lass ihn, Sutter, der hat sich tapfer geprügelt, der Knirps. Er kann dem Herrn den Nachttopf scheuern oder dem Koch die Bratpfanne. Über Bord kann er immer noch, wenn er sich mausig macht.

An der groben Stimme erkannte ich den

rotbärtigen Kapitän, den späten Gast aus der Taverne zum Schweinskopf.

Der Sottkasten

Die Kerls ruderten mit aller Macht aus der Hafenströmung heraus, setzten bei Gelegenheit ein Segel und machten es sich gemütlich. Matten lag in der Höhlung am Bug und rührte sich nicht. Ich wollte schon verzagen und dachte, er sei tot. Doch auf einmal begann er, vor sich hin zu singen. Es war der Choral, den er, wie lange war das schon her, beim Geldzählen um Mitternacht zu singen pflegte. Jetzt war es aus mit dem sparenden Geklimper, jetzt war nichts mehr zu übertönen, und vielleicht darum sang Matten auch viel leiser als sonst. Mir stiegen Tränen dabei auf. Und nicht nur wegen meiner verhumpsten siebenunddreißig Pfennige.

Die Kerle, die uns überfallen hatten, hörten sich den Singsang eine Weile an. Dann schrie einer: Halt's Maul! Und ein anderer stieß ihm einen

Riemenschaft in die Rippen. Da bat ich Matten angstvoll, er möge aufhören, und da tat er es auch.

Nach etwa einer halben Stunde stieg vor uns der Schatten eines großen Schiffes auf. Ich erkannte an dem gewaltigen Radkasten, dass es ein Dampfer sei. Ein Ruf erscholl, der Kapitän, der Rotbart, antwortete. Eine Leine flog herab. Wir legten an der schwarzen Bordwand an. Eine Jakobsleiter führte den steilen Rumpf empor.

Matten wurde wie ein Kolli Jute hinaufgehülst. Danach wurde mir unsanft bedeutet, die Leiter zu entern. Ich tat es flink, um nur rasch hinter Matten herzukommen. Es war eine ungewohnte Höhe, und die Prügelei hatte mich schwindlig gemacht, ich wäre, schon an der Reling, wieder hinuntergestürzt, hätten mich nicht kräftige Arme vollends an Deck gezogen.

Abfahrt wohin?

Ich sah mich nach Matten um, aber der war schon verschwunden. Ich lief das lange düstere

Deck entlang nach vorn. Dort waren Leute am Gangspill tätig, aber nicht mit Gesang wie sonst, sondern unterdrückt fluchend. Man merkte, hier sollte ein unauffälliger Anker gehievt werden und ein Abschied auf Polnisch sein. Matten!, rief ich verzweifelt. Eine Faust kriegte mich beim Kragen, eine raue Stimme knirschte: Haben wir Knäblein an Bord, die nach der Mama schreien? Halt die Gulaschluke, Kleiner, oder die Fische sollen dich fressen!

Damit flog ich unsanft gegen das Gehäuse des Schaufelrades auf Backbord. Und als sei es von meinem Anprall, fing es hinter der Eisenwand plötzlich an zu rummeln, zu stöhnen, kreischen, fauchen und platschen. Das ganze Schiff erbebte. Feuriger Rauch entschoss einem Schornstein, der bislang in Nacht verborgen gewesen war. Die Sterne, die gerade hervorschimmern wollten, sahen sich alsbald wieder verdeckt. Es war ein Lärm und Gestank, dass ich meinte, das Schiff müsse zerplatzen und in die Luft fliegen.

Jedoch allmählich wurden die Geräusche stetiger und ruhiger. Ich fühlte, wir waren in Fahrt. Ja, da war ich nun an Bord eines der großen Biester, die ich bislang nur von Weitem gesehen hatte. Mir war nicht gerade mollig um die Seele. Wo war Matten? Und wohin ging die Reise?

Der Lotse

Geduckt lag ich da in meiner Ecke am Radkasten, betäubt von der Rummelei, von Bekümmernis und Müdigkeit. Ich duselte ein, träumte lebhaft, ich sei zu Hause, und zwar in Hamburg, und meine Mutter kochte mir Grießsuppe. Jemand zog mich am Arm.

Bist du der brave Junge?, fragte eine tiefe, gütige Stimme. Ich riss die Augen auf. Ein Seemann im Südwester beugte sich über mich. Matten!, stotterte ich.

Nein, ich bin der Lotse, antwortete der Mann. Aber Matten soll wohl dein Schiffer sein. Er wird unten an der Maschine zu tun haben. Da fehlte ein Mann, und sie haben hier ein bisschen raue Methoden, wenn ein Mann fehlt und sie ihn in den Bunker haben wollen. Lass man. Das wird sicher eine ganz hübsche Reise werden, mein Jung. Und ich soll dich auch von Florence grüßen. Das ist meine kleine Tochter. Sie war mit dir am Hafen und kam noch extra ans Boot, um mir zu sagen, euer Ewer ist futsch. Keine Sorge. Ich werde ihn schon herausschnüffeln und bewahre ihn euch auf. Wir sind jetzt beim Feuerschiff. Ich geh von Bord. Guck dich nach einem besseren Schlafplatz um. Hier wird es wahrscheinlich feucht.

Tom, der Kater

Ich lag noch benommen da. Der Mann war längst weg. Da starrten mich zwei glühende Augen an. Hu! War das etwa der Klabauter! Da schnurrte und mauzte es leise. Ach, es war eine Katze. Musch, Musch!, sagte ich beglückt. Es erinnerte mich an Tante Geeschens kleine Stube und ihre gute alte Muschikatze Susanna.

Das Tier kam heran und kuschelte sich an mich. So wärmten wir uns gegenseitig, bis auf einmal von ferne jemand rief: Tom, Tom! Da schnupperte mein Schlafpummel und hob den Kopf und entglitt mir wie geschmiert. Tom heißt du?, dachte ich: Dann bist du also der Schiffskater. Und danach schnupperte ich auch in die Luft. Denn das Butterbrot der kleinen Florence hatte nicht lange vorgehalten. Hier roch es nach Bratkartoffeln und Spiegelei. Ich rappelte mich auf und schlich dem Dufte nach und kam an die kleine Tür, die in die Kombüse führt, wo der Smutje am Herde stand. Da er aber eine so bullenmäßige Figur hatte und so grimmig mit dem Geschirr hantierte, traute ich mich doch nicht hinein, sondern schlich weiter.

Mister Betterfield

Ich nahm den Kurs nach achtern, weil ich vorn so schlechte Erfahrung gemacht hatte. Da schimmerte Licht aus einer halb geöffneten Luke. Wie eine Katze kroch ich auf allen vieren hinein. Die Treppe war bequem und mit einem Läufer belegt. Ein Windlicht brannte in einer blanken

Messinglaterne. Es spiegelte sich in einer hübschen Mahagonitür. Nein, Matten würde hier kaum zu finden sein. Aber vielleicht wohnte hier der Kapitän. Und den kannte ich doch schon, den wollte ich fragen, ob ich als Schiffsjunge anmustern könne und wo meine Koje sei.

Also nahm ich meinen Mut zusammen und klopfte an.

Step in!, sagte eine kräftige, aber nicht unfreundliche Stimme. Donner, das war jemand anderes als der raue Rotbart. Schon wollte ich mich verdrücken, da öffnete sich die hübsche Tür. Ein untersetzter, bäuchiger Herr trat heraus. Er nahm die lange Kalkpfeife aus seinem runden, glatt rasierten Gesicht und blitzte mich durch eine große Hornbrille aus milden blauen Augen an.

Hallo!, sagte er. Er trug einen langen blauen Schlafrock und ein Käppchen mit einer Troddel. Ich war ganz betreten von der unerwarteten Erscheinung. Wo ist Matten?, stotterte ich schließlich.

Ich heiße Mister Betterfield!, erwiderte er da auf Deutsch mit breitem englischen Tonfall: Und bist du der Junge, den mir der Kapitän versprochen hat? Dann musst du dich aber erst mal ein bisschen waschen, mein Junge. Und wie heißt du?

Atje Pott!, entgegnete ich kleinlaut: Ich wollte –

Ein grober Schritt unterbrach mich. Was wollte er?, hörte man schon von der Treppe die dröhnende Stimme des Rotbarts. Oho, das war ein schlechtes Echo, das war der Mann, der unser Elend eingefädelt hatte, und wenn er auch verhindert haben mochte, dass ein anderer namens Sutter mich über Bord warf, so überkam mich in diesem Augenblick eine unbändige Wut.

Wo ist Matten?, schrie ich.

Statt einer Antwort nahm er mich am Krips wie einen jungen Hund und wollte mich die Treppe hinauftragen, um wahrscheinlich das nachzuholen, was er vordem gestoppt hatte. Ich wehrte mich und biss und schlug um mich. Aber was hätte es genützt, wenn nicht der rundliche Herr ihn dringend aufgefordert hätte, mich sofort loszulassen.

Es entspann sich ein längerer Wortwechsel zwischen den beiden. Der Kapitän erklärte, er habe mich Knirps nur in den Kohlenbunker bringen wollen, da könne ich seinem Schipper schippen helfen. So ein Drecklümmel wie ich gehöre nicht in die feine Passagiergegend.

Abwarten!, versetzte da Mister Betterfield, zog eine Brieftasche und gab dem Rotbart ein paar Scheine.

Der Rotbart brummte noch einiges, strich dann aber die Banknoten ein, versetzte mir noch einen letzten, aber ziemlich sanften Knuff und schnob: Du bist jetzt Messboy bei Herrn Betterfield. Weh dir, wenn du dich nicht schickst! Die Haifische sollen Beefsteaks für ihre Jungen aus dir machen!

Rumbums!, damit polterte er wieder nach oben.

Mister Betterfields Boy

So wurde ich Mister Betterfields dienstbarer Geist. Es traf sich gut für ihn und mich. Sein in England neu angenommener Diener war eben vor der Abfahrt schwer erkrankt, nachdem er mit dem Bootsmann Sutter gezecht hatte. Der Kapitän hatte dann dem Passagier – Herr Betterfield war der einzige Fahrgast der Marabell – als Ersatz irgendeinen aus der Mannschaft zugestanden. Die Galgengesichter hatten dem braven Manne aber allesamt nicht gefallen. Er hatte schon beschlossen, allein zurechtzukommen. Nun war er froh über mein Erscheinen.

Ich musste mich erst mal tadellos waschen und kämmen. Mein Anzug war von der Hauerei zerrissen und beschmutzt. Herr Betterfield nahm eine Livree aus einem seiner großen Koffer. Es war eine prächtige Dienerkleidung in Hellblau und Silber. Oho, aber sie war mir viel zu weit. Doch ich hatte gelernt, mir selber zu helfen in allen Stücken. Und so schnitt und nähte ich unter meines neuen Herrn Anleitung die schicke Uniform kürzer und enger, sodass es leidlich hinkam und mir schließlich saß wie dem Kalb das Fell. Kein Husarenleutnant hätte stolzer daherschreiten können. Nur meine groben Schuhe wollten nicht recht dazu passen. Somit ging ich zumeist barfuß.

Was ich zu tun hatte, sah so schlimm nicht aus. Die Kabine rein halten, das Bett machen, für

Essen und Trinken sorgen. Meine eigne kleine Kammer war neben der Mister Betterfields auf Backbord. Ober der engen Koje, die für mich glänzend reichte und in der ich wie in Engelswolken schlief, befand sich ein rundes Fenster, ein Bullauge. Wenn ich auf die Koje kletterte, konnte ich das Meer sehen, ohne an Deck zu müssen.

Der Koch

Denn an Deck war es nicht geheuer für mich. Da hörte ich Pfeifen, Gelächter und Spott hinter jedem Belegnagel hervor. Wahrschau, der süße Säugling!, grölte es an allen Ecken und Kanten. Und der Ekligste war zu Anfang der Bulle von Koch in der Kombüse, aus der ich die Mahlzeiten holen musste. Der stellte mich an, seine Töpfe und Pfannen spiegelblank zu scheuern. Ich musste Kartoffeln schälen und den Herd auskratzen. Nicht, als wenn ich das nicht gekonnt hätte. Aber es passte schlecht zu meiner schönen Livree; denn je blinkender das Geschirr wurde, desto fettiger und speckiger wurde ich. Mein einziger Trost dabei war der Kater Tom, der mit seiner Zunge alle Töpfe, Pfannen und Teller sorgsam vorputzte.

Meinem Herrn aber gefiel nicht, dass ich mich so lange in der Küche umhertrieb und mich dreckig machte. Dazu hatte er mir nicht sauberes Zeug, Wäsche, einen Waschnapf, ein Stück Seife, eine Waschbürste und zwei Handtücher gegeben, auch mehrere Taschentücher, was alles zu einem Diener gehört. Der Koch, der bullenbeißige Smutje, musste denn auch einsehen, indem Herr Betterfield ihm einige Schillinge in die Hand drückte, dass ich etwas Besonderes sei und kein gewöhnlicher Schippjung und Moses.

Die schönen Zeichnungen

Herr Betterfield konnte nämlich gar keine Fettflecke leiden, besonders nicht auf den wundervollen Zeichnungen, die er anfertigte. Er saß oft an dem kleinen Schreibtisch seiner Kabine und schrieb und zeichnete. Da er von vielen Reisen her ziemlich seefest war, hinderte ihn die Schaukelei des Schiffes nicht. Manchmal bat er mich, diese oder jene gewünschte Haltung einzunehmen, wie es die Figur verlangte, die er gerade zu zeichnen unternahm.

Mir wurde das Stillhalten bei der Bewegung der Marabell oft recht sauer. Aber darin verstand Mister Betterfield keinen Spaß. Er hauchte mich dann mit funkelnden Brillengläsern an: Es ist für die Wissenschaft! Ist auch der Schatz womöglich verloren, so will ich doch der Nachwelt das Kostbarste überliefern, solange mein Gedächtnis noch frisch ist.

Er sprach übrigens fließend Deutsch, wie ein halbes Dutzend anderer Sprachen mehr. Er war ein Gelehrter, ein Doktor und Professor, aber er liebte nicht, mit Titeln angeredet zu werden.

Was er eigentlich zeichnete? Es waren Männer, Frauen, Knaben und Mädchen, auch Männer mit Bockshörnern und Bocksfüßen wie der Teufel. Die meisten tanzten oder machten Musik; auch Blumen, Früchte und wilde Stiere waren dabei. Er setzte es alles säuberlich aufs Papier.

Alles Gold!, sagte er, obwohl ich nichts als Papier und braune Tusche sah. Auch das, was er von einem »verlorenen Schatz« geäußert hatte, war mir unverständlich. Vielleicht hat er auch eine unglückliche Liebe wie Matten, dachte ich. Und um mich diesen beiden von mir verehrten Männern gleichzustellen, fiel mir das kleine Lotsenmädchen aus Hull namens Florence ein. Und dabei ließ ich mein Nachdenken vorläufig bewenden.

Das Meer

Das Essen schmeckte mir, ich schlief gut, es ging mir ausgezeichnet. Was Wunder, dass ich bald weniger an Matten dachte, als christlich gewesen wäre. Und dann: Ich sah und erlebte das große Meer. Wir stampften den Englischen Kanal entlang und kamen in die Spanische Bucht oder Biskaya, wo uns Wind und Wellen gehörig um die Nase fuhren. Wie großartig war das Schauspiel der aufgeregten Elemente vom Deck des großen

Dampfers aus gesehen! In unserm Fischewer waren wir zumeist so in den Wellentälern geduckt gewesen, dass man wenig Übersicht hatte. Aber wenn ich es nun beschreiben soll, wie so eine grobe Südwestdünung bei Windstärke neun bis elf sich aufhebt, mit dem nötigen Himmel dazu, mit allem wahnwitzigen Getöse, wie auch mit der betreffenden Temperatur, mit dem Geruch und dem Gefühl, dann merke ich klar, es ist nicht zu beschreiben oder nur stümperhaft. Geh raus, mein Jung, lass es dir selber um die Backen pfeifen, setz dich selber auf die tollste aller Schaukeln, die da heißt: das Meer. Zieh die hübsche, feuchte, salzige und kraftvolle Luft des Atlantischen Ozeans durch deine Lungen, halte deine kleine private Andacht über den aufrollenden, in Gischt zerplatzenden Wogenbergen, blick in den runden Horizont, in die wandelbaren Wolken, in die kreiselnden Sterne, und du wirst wissen, was ich meine, wenn ich sage: die See, die verflucht schöne See!

Wohin die Reise geht

Als ich mich eingelebt hatte und meine anfängliche Schüchternheit sich verzog, fragte ich meinen Herrn, wohin die Reise denn nun wirklich gehen solle.

Ins Mittelmeer, antwortete er freundlich.

Oho, erwiderte ich: In fünf Wochen muss ich aber zurück und in Cuxhaven sein. Dann fängt meine Schule wieder an.

Wills Gott, sagte er lächelnd: so wäre das sogar nicht unmöglich bei guter Rückverbindung.

Wachsen da richtige Palmen?, fragte ich neugierig.

Gewiss!, lächelte er: Und alles, was du beispielsweise an Südfrüchten kennst, wächst da wild und üppig. Es ist dort ein Paradies. Eine liebreiche Insel. Mein Eigentum.

Das konnte mir wohl gefallen. Aber Herrn Betterfields rundes Antlitz verdüsterte sich. Er fuhr fort: Mein Eigentum, auf dem ich meine Tage in Frieden und wissenschaftlicher Arbeit zu beschließen hoffte. Räuber, Elende, Schufte überfielen uns. Ich musste flüchten. Oh, mein armer Adolar!

So wollen wir hin und die Räuber umbringen!, versetzte ich mutig: Und wer ist Adolar?

Guter Junge!, klopfte Herr Betterfield mir auf die Schulter: Wir wollen sehen, dass es ohne Blutvergießen geht. Oh, es handelt sich um Werte! Und Adolar? Er war mein treuer Diener. Wer weiß, ob er noch lebt!

So wollen wir ihn rächen!, rief ich entflammt. Herr Betterfield sah mich seufzend an. Meine Begeisterung schien ihm nur ein schwacher Trost zu sein. Er mochte nicht weiter über die Angelegenheit sprechen. Ich aber dachte damals noch, Kampf, Hauerei und Abenteuer sind das Netteste auf der Welt.

Atje entert in den Mars

Manchmal kam der Kapitän und trank Wein mit Herrn Betterfield. Wir hatten verschiedene Flaschen in einem der Koffer. Die Unterhaltung ging auf Englisch. Ich verstand anfangs nicht viel. Es wurden See- und Landkarten betrachtet. Die

Stimmung schien gespannt. Der Kapitän wollte anscheinend genauere Pläne sehn.

Mich betrachtete der rotbärtige Riese mit misstrauischer Finsternis. Aber in Herrn Betterfields Gegenwart wagte er nicht viel zu knurren. Als ich ihm jedoch einmal an Deck in die Quere gerict, da wollte er mir erst einen Fußtritt versetzen, besann sich aber, spie aus und sagte verächtlich: Na, mein Marzipanferkel, mein schnuckriges Äffchen? Ich dachte, ein Butje wie du müsste Seemann werden! Haho! Hahu! Hahaha!

Werd ich auch!, erwiderte ich trotzig und hielt mich bei dem steifen Wind mit wiegenden Knien, meinen Teekessel in der Hand.

So?, grinste er spöttisch: Oben auf dem Fockmastknopf hat Sutter seinen Priem liegen lassen. Wenn du kein Harlekin und Waschlappen bist, dann holst du ihn runter.

Ich maß die ungeheure Höhe und entgegnete frech: Wenn ich solchen Schweinkram auch nicht anfasse, nachsehen will ich schon, ob Rasmus ihn noch nicht weggepustet hat.

Ich stellte meinen Teetopf an einen sicheren Ort und kletterte rasch und ohne Überlegung die

Wanten hinauf. Wir hatten Segel gesetzt. Es war ein sonderbares Gefühl zwischen den gebeulten Laken, darin der Wind fiedelte. Der Wind war achterlich und fetzte mir den Schornsteinrauch in die Augen. Und hier oben war es eine andere Pendelei mit dem schlingernden Schiff. Aber ich ließ nicht locker. Und wenn ich auch das letzte Stück, die Marsstenge, die keine Strickleiter mehr hat, mit ziemlicher Mühe emporklomm, so langte ich doch glücklich bis an den Flaggenknopf, der von unten aussieht wie eine Tannenbaumkugel, nicht größer, hier oben aber wie ein Schweizer Käse war. Ich reckte mit dem Arm hinauf, wo natürlich nichts lag, rutschte wieder hinunter und kam unbeschädigt wieder an Deck zurück.

Ich muss gestehen, ich hatte die ganze Zeit nicht gewagt, nach unten zu blicken, um nicht schwindlig zu werden. Inzwischen hatte der Kapitän mich nicht aus dem Auge gelassen, auch war ein Gutteil der Mannschaft herbeigeschlendert und brachte nun ein Hurra auf mich aus. Der Rotbart aber brüllte sie an, sie sollten sich an die Arbeit scheren, oder er würde sie allesamt dort aufhängen, wo ich hergekommen sei.

Wo ist der Priem?, hauchte er mich an.

Den hat der Klabautermann gefressen!, antwortete ich kühn, nahm meinen Teetopf und machte mich aus dem Staube.

Die Mannschaft und selbst der grobe Koch behandelten mich von da ab vernünftiger. Nur Bootsmann Sutter nicht. Und ich hatte Angst vor ihm und verkroch mich, wenn ich ihn erspähte.

Der Privatausgang

Zu meiner Ehre muss ich anführen, hin und wieder fragte ich verschiedene Matrosen nach Matten. Ich erhielt aber nur Achselzucken als Antwort. Der ist Heizer!, hieß es: Damit haben wir nichts zu tun.

Nachts wachte ich manchmal auf. Dann hatte ich von Cuxhaven geträumt. Dann meinte ich, auf dem Dachboden zu liegen und unter mir Mattens frommen Gesang zu vernehmen. Die Luft wurde mir oft knapp vor Heimweh, obwohl es mir doch gut ging. Ich erhob mich leise und stieg auf Deck. Das konnte ich nicht auf dem gewöhnlichen Wege. Denn dann hätte ich durch Herrn Betterfields Kammer müssen, und der hätte sich über die Störung sicher sehr gewundert.

Darum kletterte ich durchs Bullauge, das über meiner Koje lag und immer offen war. Ich war derzeit noch dünn wie ein Aal. Draußen an der Bordwand konnte ich mit einem gewandten Schwung die Püttings erwischen, mit denen die Besanmastwanten am Schiffsrumpf festgemacht sind. Daran klomm ich hoch und über die Reling auf Deck.

Dort pflegte ich mich mit dem Kater Tom zu treffen, der tagsüber gewöhnlich schlief. Wir kuschelten uns dann meistens in die Ecke beim Radkasten hin, wo wir uns kennengelernt hatten, und ich bildete mir ein, es sei Tante Geeschens alte Katze Susanna.

Atje trifft Matten

Eines Nachts ging ich auch wieder so spazieren. Wir näherten uns der Straße von Gibraltar. Das

Wetter war stürmisch. Ich hörte die Matrosen in den Rahen, die Segel zu bergen, weil der Kapitän wegen der Enge der Straße gedachte, mit der Maschine allein zu manövrieren. Nach Herzenslust betrachtete ich den Tumult von Wind und Wasser. Da kämmte unversehens eine dicke Sturzsee über Steuerbord. Zu spät wollte ich mich festhalten, rums, war ich von den Füßen und wirbelte von dannen. Ade!, denke ich: Nun ist es aus.

Da packt mich eine Faust. Das Wasser läuft ab. Pudelnass komm ich zu Höcht.

Verdammter Bengel! Um ein Haar! Genau wie bei der Doggerbank!, knurrt mich jemand an. Die Stimme kenne ich.

Matten!, gurgelte ich, den Mund noch voll Salzwasser.

Die Klabauterflagge

Djä!, sagte Matten: Wollte auch mal ein büschen Ozon riechen. Ist ja 'ne elende Schinderei vorm

Kessel. Nie wieder Sottkasten! Lieber mit ’ner Buttjolle bis nach Australien. Und du? Wie bist du bloß piekfein! Woher hast du bloß die feine Kledaje! Hab schon gehört, bist Lakai bei unserm dicken Passagier. Viel Glück! Und nu muss ich wieder dahl.

Matten!, klammerte ich mich an ihn, so kohlenschmutzig er war. Matten!, wimmerte ich: Ist es wahr, dass wir ins Paradies fahren?

Matten strich sich einen Bach Seewasser aus dem Haarwisch. Dann packte er meinen Nacken und drehte mein Gesicht nach oben, wo die Besanmastspitze in den wenigen Sternen schwankte.

Siehst du es denn nicht?, krächzte er durch den Wind heiser an mein Ohr: Siehst du denn die Flagge nicht? Die Klabauterflagge? Wir seilen allesamt in die Hölle!

Matten!, schrie ich angstvoll: Ich sehe nichts!

Nix! Armselige Unschuld!, knurrte er und ließ mich los: Dann schlaf weiter!

Damit verschwand er im Finstern.

Die Insel auf der Karte

Nun waren wir im Mittelmeer. Es war zumeist blau wie die Kacheln in Tante Geeschens Küche. Manchmal tauchte eine felsige Küste auf. Palmen standen da wie dünne kleine Staubwedel.

Es ist Afrika!, sagte Mister Betterfield.

Ach, wie gern wäre ich mal in Afrika an Land gegangen. Hätten wir dann in der Schule von Afrika gehabt, dann hätte ich den Finger aufgehoben, und wenn der Lehrer mich gefragt hätte, was ich wünsche, dann hätte ich nachlässig gesagt, als wäre es für die Katz: Da war ich schon mal.

Aber wir landeten nicht. Wir fahren bis Griechenland, erklärte Herr Betterfield und zeigte es mir auf der Karte. Er zeigte auf einen Fleck, nicht größer als eine junge Fliege, die in Magermilch schwimmt.

Das ist die Insel!, seufzte er tief.

Wie Mister Betterfield die Insel entdeckte

Da also sind Sie König, nicht wahr?, fragte ich gespannt, Näheres zu hören.

Gewiss, mein Junge, wenn man so will, lächelte Herr Betterfield: Ich hab sie von der griechischen Regierung gekauft. Billig. Denn die Taubeninsel, wie sie heißt, gilt seit dem Altertum als unzugänglich, allzu abgelegen, unfruchtbar, von Erdbeben heimgesucht und von schwefligen Gasen vergiftet. Jedoch eines Tages fand ich in der Bibliothek zu Athen in einer Papyrusrolle einen Bericht, der nur die Taubeninsel meinen konnte. In einer Sprache, welche nur wenige Gelehrte, darunter ich, zu entziffern vermögen, war da von einer paradiesischen Hochebene die Rede, auf der alle Früchte wild und üppig gedeihen und wo in hohen Korkeichen Schwärme weißer Tauben nisten. Von der See aus sei das jedoch alles unsichtbar. Es waren auch Notizen beigefügt, die genau die Einfahrtstelle beschrieben, die als einzige durch die Brandung und ein unauffälliges Felsloch in eine gewundene enge Kanalschlucht und schließlich zu einem Landungsplatz führt.

Nun, diese Angaben hätten wohl jemand reizen können, der Naturfreund ist oder der eine Siedlung, eine Plantage oder eine Sommerfrische aufzumachen gedenkt. Ich aber bin Altertumsforscher. Und erst, als ich weiterlas, da schlug mein Herz höher. Da war von einer großen Sammlung kostbarer goldener Becher, goldener Figuren und Gegenstände die Rede, die König Agamemnon hier in Sicherheit gebracht habe, bevor er in den Trojanischen Krieg zog. Mein lieber Atje, ich weiß nicht, ob du das in der Schule gehabt hast oder haben wirst. Aber wenn das stimmte, musste besagte Sammlung an die dreitausend Jahre alt sein und ungefähr das Wertvollste, was man auf Erden je für ein Museum hätte ergattern können.

Ich zeichnete mir heimlich den Landungsplan auf, fuhr mit dem Wochenenddampfer nach Porkos, einer Insel, von der die Taubeninsel noch etwa fünfzig Seemeilen entfernt liegt, mietete mir ein Boot und segelte allein mit meinem treuen Diener Adolar, der ein alter schottischer Seemann ist, dorthin. Wir fanden nach langem Suchen die Einfahrt und alles, wie es in der uralten Papyrusrolle angegeben war. Es war wie der Garten Eden,

den seit Jahrtausenden keines Menschen Fuß betreten hatte, und das nicht etwa in der Südsee oder am Nordpol, sondern gar nicht sehr weit entfernt vom europäischen Festlande.

Der große Goldschatz

Und wo war der Schatz?, fragte ich gespannt.

Das war schwieriger!, entgegnete Mister Betterfield: Wir suchten mehrere Tage lang. Es war da ein kleiner verfallener Tempel aus weißem Marmor. Den kehrten wir sozusagen um und um, aber es fand sich vom Golde keine Spur. Bis ich eines verzweifelten Nachmittags auf einer vom Zahn der Zeit angenagten Fliese eine Zeichnung eingeritzt fand, die sich nach reichlicher Prüfung als der Lageplan König Agamemnons erwies. Anhand dieser Fliese, die mein treuer Adolar im Schweiße seines Angesichts vor mir hertrug, gelangten wir in anstrengendem Marsche zu einer unterirdischen schaurigen Grotte nahe dem Gipfel des Inselgebirges. Obwohl wir dort kaum atmen konnten, untersuchten wir alles aufs Genaueste. Zu unserer Enttäuschung erwies sie sich als leer. Unmutig und ermüdet ließ mein Diener die schwere Marmorfliese fallen. Sie durchschlug das Gestein und riss einen Krater auf, der durch Geröll nur lose verschüttet gewesen war. Ha!, dachte ich: Nun haben wir ihn. Zumal die Fliese nicht ins Bodenlose fiel, sondern bald auf etwas Metallisches aufschlug.

Ungeachtet gelber Dämpfe, die aus dem Loche strömten, ließ ich mich an einem mitgebrachten Seile selber in den Schlund hinab. Der Krater zeigte eine Tiefe von etwa vier Metern, aber am Grunde führte seitwärts ein halb mannshoher Schacht tief in die Erde hinein. Ein weiteres Vordringen wäre sicherer Tod gewesen. Die mitgenommene Laterne drohte zu verlöschen. Da stieß mein Fuß an den Gegenstand, dem die fallende Fliese jenen Metallklang entlockt hatte. Halb erstickt hob ich ihn auf. Es war eine handgroße dünne Platte. Ich war ohnmächtig, als Adolar mich heraufzog. In meinen Fingern hielt ich krampfhaft das schwärzliche Stück. Die Platte!, war das Erste, was ich sagte, nachdem ich zu mir gekommen war. Mein Diener hatte mich ins Freie geschleift und mir Wein eingeflößt. Wenn man ausgeht, hundert Pferde zu suchen, und keins findet, ist man froh, schließlich einen Hund beim Schwanze zu erwischen. So war es mit der kleinen mageren Platte.

Wir putzten sie blank. Sie war aus purem Gold. Auf der einen Seite war sie mit Schriftzeichen bedeckt, die den vordem erwähnten zu Athen glichen. Auf der anderen Seite war eine Zeichnung, die nichts anderes als ein weiterer Lageplan sein konnte. Der Text bestätigte diese Annahme. Er besagte, dass man den Schatz restlos in eine andere Höhle überführt habe, da ausbrechende Erddünste die Schönheit des Goldes zu gefährden drohten.

Noch zur selben Stunde, ungeachtet unserer Erschöpfung, machten wir uns auf den neuen Weg und – entdeckten den Schatz. Er war weit größer und köstlicher, als ich je vorher hätte hoffen und glauben mögen. Ich dankte dem Himmel und beschloss im ersten Augenblick, alles dem Britischen Museum zu verkaufen.

Das hätte sicher eine Menge dafür bezahlt!, äußerte ich begeistert.

Sicher, wenn es überhaupt so viel Geld gehabt hätte oder hat, lächelte Herr Betterfield nachdenklich: Ich bin von Haus aus begütert, Geld lockte mich nicht. Darum überlegte ich mir, es sei das Beste, den Schatz auf der Insel zu belassen, wie es wohl auch im Sinne des Königs der Mykenäer, Agamemnon, sein mochte. Wenigstens gedachte ich, mich erst mal ein paar Jahre daran einsam zu erfreuen und ein wissenschaftliches Werk darüber zu schreiben, wobei ich ja, wie du weißt, schon bin.

Zu dem Zwecke mussten wir uns allerdings etwas wohnlicher einrichten. Wir brauchten einigen Vorrat an Sachen, die nicht auf der Insel waren und an die der Mensch gewöhnt ist, wie Salz, Zucker, Whisky, Tabak, Zündhölzer, Möbel, Kleidung, Munition, Essig und Öl, Butter, Mehl, Wein, wollene Decken, Bücher, Tinte, Garten-, Haus- und Küchengeräte sowie ein paar leichte Boote. Denn wir hatten nur das bitter Nötigste mit. Auch musste der kleine Tempel zu unserer Behausung ausgebaut werden.

Zu diesem Behufe mieteten wir uns auf einer entfernteren Insel einen kleinen Schoner, beluden ihn mit dem, was wir brauchten, und verpflichteten die Besatzung, die aus sechs anscheinend treuherzigen Burschen bestand, uns auch beim Hausbau zu helfen. Alles ließ sich gut an. Das Haus wurde fertig und eingerichtet. Wir schlossen mit einer bescheidenen Abschiedsfeier. Während dieser muss meinem treuen Adolar, der ein bisschen zu viel getrunken hatte, ein Wort entschlüpft sein über die unermesslichen Goldschätze der Taubeninsel.

Der Überfall

Gold, welch sattsam bekannter Begriff, daran der Menschheit Glück und Sünde hängt! Die Burschen wurden entlohnt und auf ihren Schoner gebracht. Adolar und ich nahmen danach noch einen Schluck und streckten uns zufrieden aufs Lager.

Wir hatten noch nicht lange geschlafen, da erscholl wildes Geschrei. Die Halunken waren zurückgekehrt und hatten uns überfallen. Adolar wurde nach tapferer Gegenwehr überwältigt. Ich selber entriss mich den Fäusten und entrann mit einem raschen Seitensprung ins Dickicht. Hinter mir her gellte Adolars Ach- und Wehgeschrei und die gierigen Rufe der Räuber: Das Gold! Das Gold!

Ich überlegte nicht lange. Obwohl nur in Nachtkleidung, hatte ich doch dreierlei bei mir, wie immer im Ausland: meinen Reisepass, mein Scheckbuch und meine Pistole. Ich eilte damit spornstreichs zum Strand, wo das Beiboot lag, ergriff die Ruder und jagte durch den Felskanal, das Tor und die Brandung ins Freie, legte bei dem Schoner an, kletterte an Bord und zwang mit der Waffe in der Hand den Mann, den sie als Wache dagelassen hatten, sofort mit mir Segel zu setzen und den Anker zu lichten. Denn ich gedachte, beim englischen Konsul auf Porkos alsbald Hilfe zu alarmieren.

Doch sollte das nicht so rasch gelingen. Wie ein kleiner Odysseus musste ich leider lange umherirren. Widrige Winde trieben uns wochenlang auf dem Meere umher. Mein Begleiter wurde vor Durst wahnsinnig und verschied. Schließlich strandete der Schoner an der ägyptischen Küste in der Nähe Alexandriens. Meine Nerven hatten gelitten. Ich redete irr wie ein Fieberkranker. Aber auch, als ich genesen war, glaubte man meinen fantastischen Berichten nicht. Man lächelte. Verwies mich an die griechische Regierung. Ich fuhr nach Athen. Auch dort lächelte man. Ich fuhr nach London. Auch dort zuckte man die Achseln.

Da griff ich notgedrungen zur Selbsthilfe. Ich machte Geld flüssig und charterte diesen Dampfer, die Marabell, auf eigene Faust. Die Leute sind rau und fürchten keinen Satan. Wir haben Waffen an Bord. Wills der Himmel, geht alles klar.

Dafür will ich einstehen!, rief ich aus.

Ich war noch ein Kind. Was ahnte ich von den Gefahren, Schwierigkeiten und Tücken der Welt! Mister Betterfield sah mich gerührt an ob meiner

Forschheit. Dann aber seufzte er wieder und versank in Grübelei darüber, wie es wohl seinem Diener Adolar ergangen sei.

Sorgen

Hältst du die Besatzung der Marabell eigentlich für anständig und zuverlässig?, fragte mich nach einiger Zeit Herr Betterfield.

Welche Ehre für mich Knirps, darüber ein Urteil abgeben zu sollen. Aber schließlich war ich tatsächlich mehr mit den Leuten zusammengekommen als mein Herr, und sie hatten mir gegenüber sicher rückhaltloser ihr Wesen gezeigt als gegen den vornehmen Fahrgast. Die rauc Außenhaut war ich von den Cuxhavener Fischern gewohnt.

Ich glaube, entgegnete ich daher: Sie sind alle ganz ordentlich. Nur einem ist nicht zu trauen.

Meinst du den Alten? Den Kapitän?

Ich schüttelte den Kopf.

Dann meinst du Bootsmann Sutter.

Ich nickte.

Der Kapitän will den genauen Plan haben

Käpt'n Rotbart hielt mich anderntags auffällig freundlich bei den Ohren fest, als habe er an der Kabinentür gelauscht. Du bist ein vigilanter Bengel! Du solltest besser auf deinen Herrn aufpassen!, brummte er.

Ahumm! Klang das nicht wie ein aufkommendes Gewitter? Ich wäre gern sieben Meilen entfernt oder hinter Herrn Betterfields blauem Schlafrock gewesen. Der Kapitän fuhr fort: Sieh mal, mein Hühnchen, dein Herr ist furchtbar sorglos, lässt nachts seine Brieftasche mit den wichtigen Plänen nackt auf dem Schreibtisch liegen.

Tut er ja gar nicht. Die hat er ja –

Ich wollte sagen: Unter seinem Kopfkissen, biss mir aber noch zur rechten Zeit auf die Zunge. Stattdessen sagte ich kühn: Gibt es denn hier Diebe an Bord?

Du verflixter Schelm! Außer dir Tagedieb nicht auf meinem ehrlichen Schiff!, schnob da der Rotbart wie ein gestochener Ackergaul und wollte mir eine langen. Ich duckte mich aber und flitzte lerchenleicht davon.

Der Rotbart wird deutlich

Den Abend kam der Alte wieder in die Kajüte. Da war er ganz deutlich.

Er wollte den genauen Goldplan haben. Er wolle seine Leute gleich in Schützenlinie um die Höhle herumführen, damit auch keine Wanze mit nur einem Körnchen der Kostbarkeiten entkomme.

Dazu ist auf der Insel noch Zeit genug!, versetzte Herr Betterfield.

Nein, auf der Insel wird es gleich Mord und Totschlag geben. Es ist besser, Sie gehen gar nicht erst mit auf die Insel. Sie zeigen uns die Einfahrt, Mister, das Übrige machen wir.

Nein!, lehnte Herr Betterfield ab: Ich bin nun mal der Besitzer der Insel. Ich möchte nicht, dass Ihre Leute den wirklichen Wert mit Augen sehen. Es ist wohl Gold, aber größer als der

Gold- ist der Museumswert. Das können Ihre Matrosen nicht ahnen. Die Versuchung wäre zu groß.

Papperlapapp!, erwiderte der Kapitän: Den möchte ich sehen, der vor mir da hineingelangt. Aber ganz wie Sie wollen. Ich wollte Ihnen nur dienlich sein.

Mit erkünstelter Höflichkeit verschwand der Rotbart. Herr Betterfield war recht besorgt. Ich fürchte, sagte er, es war unklug, diesem Seehund überhaupt von dem Schatze erzählt zu haben. Aber wäre er sonst gefahren? Ich fürchte, nein. Es ist die Gier nach Gold, die dieses Schiffes Maschine heizt.

Ich denke, Matten tut es mit Steinkohlen!, sagte ich.

Guter Engel!, lächelte Herr Betterfield: Dann bin ich beruhigt.

Essenholen

Sutter war überall ein gefürchteter Mann an Bord. Es war ihm gleich, wo sein schwerer Stiefelabsatz hintraf.

Eines Mittags gehe ich wie gewöhnlich zur Kombüse, um unser Essen zu holen. Unterwegs treff ich den Smutje. Er hatte ein frisch geschwollenes Auge.

Nanu, wohin?, frag ich erstaunt.

Was kratzt dich das?, schnaubt der Koch: Ich soll zum Alten. Sutter sagt es mir. Ich: Muss Essen machen, Bootsmann, antworte ich ihm. Schwapp, schon haut er mir eins in die Fresse. Ich hätt ihm das lange Messer in den Wanst rennen mögen. Aber was nützt es? Man legt mich in Ketten und schenkt mir zu England ein Halsband, das ein bisschen zu eng sein wird fürs liebe Luftholen. Darum, immer schweigen, mein Junge, immer Maul halten. Das rat ich dir!

Und unser Frühstück?, frage ich hungrig.

Steht schon in der Terrine, Erbsensuppe. Der Pudding extra!, ruft mir der Bulle zu, indem er schon die Leiter zur Brücke hinaufentert.

Ich trete in die Küche ein. Grad kommt Sutter wieder heraus. Er sieht mich an wie die Katze die Maus, spuckt im Bogen über mich hin und trampelt von dannen.

Tom, der Kater, ist da, scheuert sich an meinen Beinen und mauzt verlangend. Komm, Tom!, sage ich: Sutter wird dir noch nichts gegönnt haben.

Und obwohl ich selber zu aufrichtig oder ängstlich zum Naschen war, für Tom brachte ich es fertig, nahm allerdings nichts vom Mannschaftskessel, sondern einzig von Herrn Betterfields und meiner Portion, die immer in einer Sonderschüssel angerichtet stand. Fischte also ein Stück Speck aus unserer Erbsensuppe und gab es Tom, der es zart mit den Vorderzähnen ergriff, es schüttelte, da es noch heiß war, und es dann happ, happ nach hinten zwischen seine Kusen warf. Nicht lange, da war es verschlungen. Und Tom wollte mehr. Er sprang auf den Küchenbock und schielte nach dem Pudding. Pudding war komischerweise sein Lieblingsgericht. Ich fischte ein paar Kakerlaken aus dem ziemlich weichen Grießbrei, der mit Zucker bestreut und mit Kirschsaft begossen war. Tom fraß die gesüßten Kakerlaken. Da sie ihm aber nicht genügten, nahm ich einen Löffel und fuhr rund um den Rand, sodass man das Fehlende mehr für eine Verzierung halten konnte. Und ließ Tom den Löffel ablecken, so gern ich es selber getan hätte. Er besorgte es mit schiefem Kopf und rosaroter Zunge innig, schleunigst und ratzekahl.

Toms Tod

Inzwischen kam der Koch zurück. Sein Auge war noch dicker geworden, aber ungeachtet dessen war er guter Laune. Der Alte habe ihm Zulage versprochen wegen der verfluchten Insel, die erobert werden solle. Und er wollte sich scheckig lachen über den Pudding schleckenden Kater.

Das sind meine Puddings!, knatterte er: Die koch ich immer im Fischkessel, daher schmeckt es ihm so.

Ich setzte meine beiden Schüsseln aufeinander und wollte gerade damit losjonglieren, als Tom merkwürdige Töne ausstieß. Es war, als wolle er sich übergeben. Nein, es war schlimmer. Er legte sich platt auf die Seite und röchelte entsetzlich, fast wie ein Mensch. Sein dicker Kopf klopfte dabei zuckend und hart auf den eisernen Fußboden der Kombüse. Auf einmal sprang das Tier hoch, seine Pfoten scharrten wie besessen und krallten sich in meine bloßen Zehen. Ich schrie auf vor Schmerz und Schreck, und die Terrinen, Suppe wie Pudding, entrutschten meinen Händen, gossen ihren Inhalt über das arme Vieh und zerklirrten. Tom ließ aber von mir und kroch zur Türschwelle, wo er sich elend krümmte. Auf einmal machte er einen Buckel und begann zu hopsen, höher und höher, immer auf der Stelle, bis schließlich über einen Meter hoch. Dabei stieß er grässliche schrille Schreie aus, fiel dann plötzlich statt auf die Füße auf den Rücken, rollte zur Seite, gähnte schnarchend, reckte sich, schlug noch ein paarmal mit dem Kopfe auf, streckte alle viere von sich und rührte sich nicht mehr.

Wortlos, mit starren Augen hatte der Koch den Vorgang beobachtet. Ich war gewärtig, er würde mir eine runterhauen wegen der Scherben und des verschütteten Essens. Aber mehr als mein Pech und der Schweinskram auf dem Fußboden bewegte ihn, genau wie mich, das Leiden Toms, der doch sein und mein Freund gewesen war.

Er ist tot!, sagte er trauervoll.

Du hättest den Pudding vielleicht nicht im Fischtopf – stotterte ich weinerlich. Denn es ist menschlich, die Schuld von sich abzuwälzen.

Dann wäre er schon hundertmal gestorben!, antwortete der Koch düster: Es muss was anderes sein.

Gift

Er nahm mit dem Finger etwas Pudding vom Boden auf und roch daran, riskierte auch sogar seine Zungenspitze, wischte sie aber sofort mit dem Handrücken wieder sauber.

Der Geschmack ist verändert!, flüsterte er dann, mit klappernden Augendeckeln, laut schmatzend nachkostend: Da hat jemand was hineingetan. Gift. Wer war hier?

Sutter!, stieß ich hervor. Mir schlotterten die Knie. Wie gut, dass ich nicht selber genascht hatte.

Der Koch aber schnob mich an: Halt den Rüssel, du Lamm! Warst nicht auch du hier? Vorsicht! Und schrubb mir den Mist wieder sauber, du verlotterter Schmeißmirhin! Und das sag ich dir, hier kriegst du nichts mehr zu acheln. Du ballerst mir ja alles kurz und klein. Ihr könnt jetzt Brot kauen! Das sag deinem Mister!

Während dieser Rede ergriff er einen Beutel Schiffszwieback und einen halben Kopf Chesterkäse, drückte mir beides in die Hand, senkte seine Stimme dann jäh zum Flüstern und sagte: Schweig von dem Gift! Und auch dein Herr soll schweigen. Aber halt die Ohren steif! Gibt Unwetter, fürcht ich.

Ja, es mag schlecht Wetter geben, meine Herren!, wandte er sich dann an die Essenholer der Mannschaft, die gerade antraten, und auch an die, denen das Geschrei in die Ohren gekommen war und sie herbeigezogen hatte: Unser silberblaues Nesthäkchen hat dem Kater die heiße Terrine auf den Kopf geschmissen. Hätte Lust, euch aus beiden einen Hasenbraten zu schmoren.

Damit ergriff er den toten Tom beim Schwanz, schüttelte ihn noch ein paarmal und warf ihn, da er kein Lebenszeichen mehr von sich gab, mit trübem Schwunge über Bord.

Mögen die Haifische dran krepieren!, knurrte er.

Wir bleiben in der Kajüte

Die Mannschaft war mir nicht grün nach dieser Katerangelegenheit. Denn er war auch ihnen eine Unterhaltung gewesen und mehr, sein Ende schien den Abergläubischen Unglück zu bedeuten.

Herr Betterfield machte sorgenvolle Augen bei meinem Bericht. Der Koch hat recht!, überlegte er: Wir müssen schweigen. Noch diesen Tag und noch eine Nacht, dann sind wir da. Man will uns aus dem Wege räumen. Man will zumindest den Plan für den Ort des Goldes haben. Wir müssen auf der Hut sein. Am besten ist, wir bleiben fortan in der Kajüte. Zu essen haben wir. An

Getränk muss uns für die paar Mahlzeiten Wein und Sauerbrunnen genügen. So leicht lassen wir uns nicht schnappen.

Herr Betterfield ging an einen der Koffer, nahm eine große Pistole heraus und legte sie auf den Tisch. Dann aßen und tranken wir. Der Weingenuss machte mich schläfrig. Ich durfte in die Koje und schlafen. Herr Betterfield aber arbeitete seelenruhig an seinem Buche weiter.

Atje darf auch zeichnen

Als ich am Nachmittag aufwachte, gab Herr Betterfield mir ein paar Bogen Papier. Es waren Zeichnungen darauf, die ihm nicht zur Zufriedenheit gelungen und teils unvollendet geblieben waren. Die durfte ich mit Tusche und Pinsel nach Lust und Laune fertig zeichnen. Ich fand hinreichend Vergnügen daran, sodass der Tag schnell hinging, zumal Herr Betterfield meinen Eifer durch einiges Lob anzustacheln wusste.

Zum Abendbrot tranken wir Sauerbrunnen

mit Zitrone. Denn diese Nacht müssen wir wohl wach bleiben!, sagte Herr Betterfield ernst.

Nachtwache

Ja, diese Nacht war an Schlaf nicht zu denken, und ich werde sie in meinem Leben nicht vergessen, so lange es auch her ist. Herr Betterfield arbeitete an seinem Werke. Ab und an rauchte er eine Pfeife zwischendrein. Und da er sah, wie mir der Rauch die Augen tränig machte und ich auf meinem Stuhle schläfrig wurde, gab er mir etwas Tabak zum Kauen, welch ungewohnte Medizin mich bald wieder ermunterte. Allmählich aber wurden ihm selber die Lider schwer. Er trank etwas Wein, was hinwieder zu *seiner* Ermunterung diente, löschte dann die große grelle Arbeitskerze und entzündete ein kleines Nachtlicht. Dann setzte er sich näher zu mir und erzählte mir manches Abenteuer aus seinem Leben, das er zumeist auf Reisen und in allen Erdteilen zugebracht hatte. In dieser Nacht auch berichtete er unter Seufzen, seine Frau, die schönste und beste, die je gelebt, sei einst zu Haidarabad eines Abends, da sie am Rande des Dschungels sich erging, von einem Tiger angefallen worden. Wohl sei er herbeigeeilt, wohl habe er die Bestie mit gut gezieltem Schusse erlegt, aber zu spät. In Gedenken dessen lebe er seitdem einsam. Er zeigte mir auch ihr Bild, das er seiner Brieftasche entnahm. Es war ein vergilbter Schattenriss. Ich fand so viel nicht daran, es schien mir zu schwarz und mager. Das Tigerfell jedoch, den Bettvorleger von Herrn Betterfields Koje, betrachtete ich nunmehr mit noch größerer Ehrfurcht als bisher.

Die kleine Flamme, die auf einem niedrigen, breiten, halb mit Brennöl gefüllten Glase schwamm, zuckte beim Überholen des Schiffes leise hin und her und knisterte. Alle Geräusche schienen stärker und vieldeutiger diese Nacht. Die Planken ächzten, die Maschine und die Räder rummelten, die Kette, die verborgen zum Steuerruder geht, kratzte und jiepte, die Türen klapperten.

Die Türen auf den Schiffen sind zumeist nicht zu verschließen. Es ist darum, weil man im

Augenblick der Gefahr gewöhnlich den Schlüssel nicht finden kann, zum Beispiel, wenn es heißt: Alle Mann auf Deck und in die Boote! Unsere Tür hatte nicht einmal einen Riegel. Es konnte also jedermann hereinkommen. Aber Herr Betterfield schien keine Furcht zu kennen, während ich jeden Augenblick Räuber und Mörder heranschleichen zu hören glaubte.

Keine Sorge!, lächelte Herr Betterfield, als er meine Unruhe bemerkte: Offene Bluttat werden die Kerle nicht wagen. Der Kapitän weiß, dass ein Brief von mir mit dem gewöhnlichen Postdampfer an den Konsul von Porkos gegangen ist. Und eines Tages kommt dann heraus, wenn ich verschwunden sein sollte. Und dann vernimmt man die Mannschaft der Marabell. Wenn es ihnen mit dem Gift geglückt wäre, ja, dann hätte man von plötzlicher Krankheit mit tödlichem Ausgang reden können. Aber dem sind wir dank deiner, mein guter Atje, mit Gottes Hilfe entronnen. Offener Totschlag aber lässt sich nicht verheimlichen. Und selbst unter zwanzig Schuften pflegen immer ein paar zu sein, die einen Mord nicht für anständig halten.

Herr Betterfield geht hinaus

Stunde um Stunde verging. Der Wind miaute wie der arme Tom. Die See schlug grob gegen die Kajütswand. Ich schrak zusammen. Es hat jemand geklopft!, sagte ich. Da sah ich mit Schrecken, dass Herr Betterfield eingenickt war.

Da klopfte es zum zweiten und dritten Male. Herr Betterfield erhob sich ruhig, die Pistole in der Hand. Er ging zur Tür und öffnete. Draußen stand ein Matrose, scharrte höflich mit den Füßen, als wolle er sich abtreten, obschon keine Matte vorhanden war, und sagte: Mister Betterfield möchte so gut sein, zum Kapitän auf die Brücke zu kommen. Es handelt sich um den genauen Kurs und sozusagen eilig.

Gut!, antwortete Herr Betterfield: Ich komme in wenigen Augenblicken.

Die Tür schloss sich, man hörte den Matrosen davonstapfen.

Es ist einer von den Anständigen!, wandte Herr Betterfield sich nachdenklich an mich: Der Auftrag wird stimmen. Der Rotbart meint mit genauem Kurs natürlich den Goldplan. Schön. Ich werde ihm den von der alten Fliese geben. Denn den habe ich auch aufgezeichnet. Den richtigen aber nimm du an dich, Atje. Bei dir wird man ihn nicht suchen. Denn wenn man mich draußen überfallen sollte, will ich ihn nicht bei mir haben. Du aber bist gewandt und schlank. Ich weiß wohl, dass du manchmal durchs Bullauge spazieren gegangen bist. Versuch, da zu entschlüpfen, wenn es nicht anders geht. Schusswaffen sind ja noch nichts für dich. Und wenn alles nichts hilft und man mich sogar umbringt, dann wirf den Plan ins Meer.

Damit holte er ein zusammengefaltetes Stück Pergament aus seiner Brusttasche und händigte es mir aus. Ich steckte es unters Hemd.

Das Gesicht am Fenster

Herr Betterfield hatte seinen Reisemantel übergeworfen und war hinausgegangen. Ich war allein. Nun schienen sich alle Schiffsgeräusche zu verdoppeln. Zumal das Pochen der Maschine war überdeutlich und kam näher und näher wie das Bellen eines bösen Hundes.

Tappten da nicht Schritte? Ich löschte das Nachtlicht. Da hörte ich leise, aber deutlich meinen Namen rufen: Atje! Atje!

Mein Gott, woher kam das? Kam es nicht vom Wasser? Und kamen zugleich die Schritte nicht tapp, tapp die Treppe herab? Fasste es schon an die Klinke?

Die Haare sträubten sich mir. Mit einem Satz war ich auf meiner Koje und wollte aus dem Bullauge hinaus, das wie immer bei dem guten Wetter offen war. Doch da, was war das? Entgeistert fuhr ich zurück. Ein Gesicht starrte mich von draußen an.

Gib mir den Plan, rasch, sonst ist er verloren!, wisperte es.

Matten? Weiß Gott, Matten, er war es. Mechanisch griff ich in meinen Halskragen, zog das Pergament heraus und reichte es ihm. Im Nu war er verschwunden.

Indem ich überlegte, ob es nicht ratsam sei, rasch hinterherzuklettern, wurde jählings die Tür aufgestoßen.

Noch dachte ich zu entwischen, aber Mattens entschwebende Füße waren mir im Wege, und ehe ich mich besinnen konnte, fühlte ich mich an den Beinen gepackt und zurückgerissen.

Gib den Plan heraus, den dein Herr dir gegeben, verflixtes Eichhörnchen!, knarrte eine rohe Stimme.

Ich hab keinen Plan!, schrie ich.

Doch, mein Mäuslein, doch, ich sah es durchs Bullauge, was ihr hier für ein Gemauschel hattet, Luderchen! Du hast ihn unters Hemd gesteckt.

Noch einer?, dachte ich bebend: Noch einer hat durchs Fenster gegafft? Ah, das musste auf Steuerbord gewesen sein, durch das Bullauge, für Herrn Betterfields Kabine, das nie geöffnet wurde wegen der Zugluft.

Ich wand mich wie eine Schlange unter der groben Faust und konnte den Angreifer nun halbwegs sehen. Das Windlicht vom Flur schien durch die offen wippende Tür. Der Mann trug eine schwarze Maske. In seiner freien Hand, o Schreck, blitzte ein breites Messer.

Wirds bald?, zischte er. Er griff nach meiner Kehle. Es ist Sutter!, dachte ich zitternd. Aber zugleich mit der Angst war ein glühender Hass in mir, der ließ mich seinen Daumen mit den Zähnen erwischen, eh' sich seine Pfote um meine Gurgel schloss. Meine Zähne waren damals noch gut und scharf. Sie drangen ihm durch die dicke Haut grad unter die Nagelwurzel. Das musste schon ein grässlicher Schmerz sein; denn Sutter brüllte auf wie ein Vieh, stieß auch wild mit dem Messer zu, lockerte aber auch zugleich die Hand, sodass ich ihm entwischte, ehe er traf. Ich flitzte durch die Tür und die Treppe hinauf.

Ein Schuss und ein Fausthieb

Oben prallte ich auf Mister Betterfields Bauch. Mister Betterfield war auf das Geschrei in der Kabine herzugestürzt, die Pistole in der Hand. Und die Pistole in seiner Hand entlud sich durch den Anprall. Der Schuss fuhr glatt durch mein Haar und traf Sutter, der mich gerade wieder beim Kanthaken kriegte.

Sutter taumelte zurück. Es hatte seine rechte Schulter getroffen. Das Messer entfiel ihm. Er raffte es mit der Linken auf. Er schwang es mit tierischem Gebrüll. Herr Betterfield und ich flüchteten zur Mitte des Schiffes. Die Pistole hatte nur den einen gehabt; denn die Revolver wurden erst später eingeführt.

Wie ein Gorilla kam Sutter hinter uns her. Aber ehe er uns erreichte, sprang jählings ein schwarzer Schatten zwischen ihn und uns. Das war Matten. Und Matten streckte den Unhold mit einem saftigen Faustschlag zu Boden.

Sutter wird geplündert

Inzwischen war auch der Kapitän herangekommen. Was ist los?, schnauzte er.

Der Bube ist mit blanker Waffe in meine

Kabine eingedrungen. Meine Pistole entlud sich. Er wird mir leicht verwundet sein, erklärte Herr Betterfield.

Der Rotbart stieß ein donnerndes Gelächter aus: Nur verwundet? Irrtum, Herr! Wer sich so dusselig benimmt, ist für ein anständiges Schiff tot, mausetot. Andererseits kann ich nicht dulden, dass die Passagiere das Deck als Schießstand benutzen.

Damit nahm er Herrn Betterfield die Pistole ab, bevor der sie neu geladen hatte. Sodann winkte er zwei athletischen Matrosen, wies auf Sutter und befahl: Los, Jungs, leert ihm die Taschen!

Sie taten es und gaben dem Kapitän, was sie fanden: das Messer, eine magere Geldbörse, ein unsauberes Schnupftuch, zwei Rollen Kautabak, eine kurze Tabakspfeife, einen Tabaksbeutel, eine Bootsmannsflöte, eine goldene Damenuhr, ein Amulett mit der Mutter Gottes darauf, mehrere Meter Segelgarn verschiedener Stärken und einen zerknitterten Brief.

Der Rotbart steckte alles weg bis auf die Damenuhr, die er mit großem Schwunge mir zuwarf, indem er sagte: Hier, Rotznase, für den Schreck!

Den Brief aber zog er alsbald wieder hervor, indem er Herrn Betterfield höllisch angrinste. Er entfaltete ihn hastig, zerknüllte ihn aber nach wenigen Sekunden und schleuderte ihn mit einem lästerlichen Fluch über Bord.

Sutters Ende

Wütend trat er an Sutter heran, der blutend dalag und gerade aus seinem Knock-out erwachte. Roh stieß er ihm den Fuß in die Rippen und schnob: So was hat auch 'ne Braut? Ist das alles, was du geschafft hast, Viehzeug?

Sutter verdrehte stöhnend die Augen. Sein Blick, blutunterlaufen, blieb an mir hängen: Er hat ihn ins Wasser geworfen!, röchelte er höhnisch. Halb richtete er sich auf, sammelte seine Stimme zu ungeheurer Anstrengung.

Herhören!, keuchte er: Sollt es alle wissen! Der Alte hat mich ange–

Aber ehe er das Wort »angestiftet« vollenden konnte, traf ihn des Rotbarts Stiefel ins Gesicht.

Entsetzt wandten wir uns ab. Und ich sollte es vielleicht nicht erzählen, oder doch nur, um zu zeigen, wozu die Bösen fähig sind, auf dass du ihnen aus dem Wege gehest für und für.

Der Rotbart also brüllte wutentbrannt: Was hat der Alte? Aufs Maul getreten hat er dich! Los, Jungs, fasst an! Über Bord mit dem Schweinehund!

Herr Betterfield warf sich dazwischen: Er braucht einen Arzt!, rief er aus. Der Kapitän fegte ihn mit einer Handbewegung hinter sich: Nicht Ihre Sache, Mister! Machen Sie sich keine unnötigen Unkosten! Auf diesem Schiffe hat nur einer zu sagen, ich!

Damit wiederholte er seinen Befehl. Die beiden Athleten hoben den stöhnenden, halb ohnmächtigen Bootsmann Sutter auf und schwenkten ihn, ohne mit der Wimper zu zucken, über die Reling.

Man hörte den Aufschlag des Körpers im Wasser. Und wenn mir auch das Blut in den Adern erstarrte, so war ich doch noch zu klein, um nicht ein Gefühl der Genugtuung zu empfinden über den Lohn, den der Bösewicht empfangen hatte.

Land in Sicht

Herr Betterfield war sprachlos vor Elend und Empörung. Kapitän Rotbart jedoch trat lächelnd, als sei nichts geschehen, zu ihm, grüßte militärisch und sagte leichthin: Nochmals meinen Dank, Mister, für den Plan, den Sie mir gegeben. Sonst hätte ihn womöglich dieser ausgelöschte Schurke in die Klauen gekriegt. Sie sehen, es ist besser, dem Führer eines Schiffes in allem rückhaltlos zu vertrauen. Entschuldigen Sie diesen kleinen Zwischenfall! Hoffe, dass Sie von nun an nicht mehr gestört werden. Guten Morgen!

Wirklich war die Morgendämmerung inzwischen leise hereingeschwebt. Fernher vom Bug erscholl der Ruf: Land in Sicht!

Trotz seiner Erschütterung schickte mich Herr Betterfield in die Kajüte, ein Fernrohr zu holen. Lange sah er hindurch.

Sie ist es, es ist die Taubeninsel!, flüsterte er erregt: In zwei bis drei Stunden werden wir sehen, ob noch mehr Kampf und Leid geschehen muss. Aber eins ist mir klar, mit diesem Schiffe werde ich nicht heimkehren.

Und ich? Und Matten?, rief ich bestürzt. Hilfe suchend sah ich mich um. Wir hatten uns auf das Vorderschiff begeben. Matrosen enterten in den Fockmast, besseren Ausguck zu halten. Mein Auge folgte ihnen und streifte die Spitze des Besans, die achtern überm Schlotqualm aufstach. Was war das? Ein großes düsteres Tuch, dessen Farben und Zeichen in der Diesigkeit der Frühe noch schlecht zu erkennen waren, wehte dort im schlaffen Winde.

Die Klabauterflagge!, rief ich erschrocken aus.

Wo?, fragte Herr Betterfield verwundert: Und was für eine Flagge meinst du?

Da, da!, sagte ich. Aber als ich den Finger in die Richtung der Mastspitze hob, war die Flagge auf einmal verschwunden.

Du träumst!, strich mir Herr Betterfield übers Haar: Die Ereignisse haben dich angegriffen. Komm, schlaf noch so lange, bis es Zeit ist, an Land zu gehn.

Mir wurde schwindlig. Ich musste speien, weil ich glaubte, einen widerlichen Geschmack von Sutters Daumen im Munde zu spüren. Herr Betterfield brachte mich nach achtern und gab mir eine Zitrone auszusaugen. Ich war froh, als ich in der Koje lag.

In die Boote!

Ich wachte auf, als die Anker zu Grund rasselten. Schnell war ich auf den Beinen. Welch sonderbares Gefühl! Ich hörte die Maschine nicht mehr. Wir lagen still, zum ersten Mal nach so langen Tagen. Die Sonne schien hell durchs Fenster. Ich sah hinaus. Ah, nur Himmel und Wasser? Flink lief ich nach Steuerbord und sah durch Herrn Betterfields Kammerbullauge. Puh, was war denn das? Ein Sandhaufen bis zum Himmel? Nein, eine Felswand, sonst nichts. Und wo war Herr Betterfield? Rings in der Kammer sah ich die Koffer allesamt gepackt. Selbst mein bisschen Hab und Gut, der Anzug, mit dem ich in Hull an Land gewesen, lag in ein säuberliches Bündel gerollt.

Ich rannte auf Deck. Land! Und Geruch von Land, von Staub und Steinen und Tang. War das die Insel, dieser kahle, öde, gelbbraune Klotz mitten im Meer?

Die Mannschaft war angetreten. Alle bis an die Zähne bewaffnet. Und auf dem Vorderdeck stand eine Kanone. Junge, ja, da machte ich Augen. Unser rotbärtiger Kapitän hatte sich wie ein Admiral herausgeputzt. Er trug einen befiederten Zweispitz, einen Schleppsäbel und im goldenen Gürtel zwei silberbeschlagene Pistolen. Es sah ganz so aus, als wolle er und nicht Herr Betterfield, der nur eine bescheidene, der Hitze angemessene Kleidung trug, als Statthalter auf der Insel einziehen.

Die Boote wurden herabgelassen. Die Mannschaft kletterte hinunter. Die See war kaum bewegt. Es ging alles wie im Salon. Nur uns schien man vergessen zu wollen. Herr Betterfield lächelte gleichmütig: Sie werden die Einfahrt allein schwer finden.

Der Kapitän hörte es. Meint Ihr?, knurrte er: Dann los! Runter ins Boot! Aber ohne Gepäck! Das Gepäck bleibt als Pfand an Bord.

Kommt denn nicht wenigstens Matten ein bisschen mit?, fragte ich.

Der Heizer?, lachte der Rotbart donnernd: Heizer werden immer in den Bunker gesperrt, solange wir in der Nähe von Land liegen. Der Bursche hat sich sowieso zu viel an Deck rumgetrieben. Der kommt erst wieder raus, wenn wir, goldbeladen, wieder abdampfen. Sonst kann ich womöglich selber Kohlen schippen.

Die Taubeninsel

Unter Herrn Betterfields Führung wurde die Einfahrt in das Felsentor bald gefunden. Dann ruderten wir durch den engen Kanal, in den kaum ein Sonnenfunken herabdrang. Nach einer Viertelstunde Fahrt öffneten sich die Bergwände wie Hände, die man auseinandernimmt. Ein flacherer Kessel tat sich auf, ein schmaler, halbmondförmiger sandiger Strand lag vor einer aufsteigenden Halde, die, o Wunder, von blühenden Sträuchern bedeckt war.

Wir landeten vorsichtig und stiegen einen schmalen Zickzackweg hinauf. Die bewaffnete

Kolonne marschierte schwitzend voran, den Hahn gespannt, den Säbel gezogen.

Die Sonne brannte. Eidechsen, groß und schillernd, saßen auf den Steinen, handgroße gelbe und lila Schmetterlinge schaukelten auf berauschend duftenden Blumen, bunte Vögel flogen vom Buschwerk auf. Es war eine andere Landschaft als der graue Strand zu Cuxhaven oder zu Hull.

Unbehelligt gelangten wir an jene Hochebene, von der Herr Betterfield schon erzählt hatte. Ja, da wuchsen nun wirkliche Palmen direkt aus der Erde und nicht nur in Kübeln wie vorm Alsterpavillon in Hamburg. Und da sah man Bananen, Melonen, Apfelsinen, Feigen, Pfirsiche, Datteln und Weintrauben, mit einem Wort, den ganzen Südfruchthandel, teils blühend, teils reif und prächtig von grünenden Zweigen hängen, ja, sogar versandfertige Rosinen, in die sich einige überreife Trauben verwandelt hatten. Wir fanden aber noch nicht die Muße, danach zu greifen. Auf jener Ebene nämlich stand im Hintergrund vor der Bergwand ein weißes Haus.

Der Kapitän ließ seine Braven Schützenkette

bilden. Eine Trompete oder Trommel war nicht vorhanden, wohl aber besaß einer der Steuerleute ein Waldhorn, darauf er nun trefflich das Signal zum Sturmangriff blies. Und jedermann stürmte trotz der Temperatur mit Hurra auf das stille weiße Haus zu, welches umzingelt und, ohne dass sich ein Widerstand gezeigt hätte, besetzt ward. Das Siegesgebrüll war groß. Vom Lärm erschreckt, stoben Schwärme weißer Tauben schimmernd hoch auf in die blaue Luft.

Von den Räubern aber war weit und breit keine Spur zu entdecken.

Das leere Haus

Langsam waren Herr Betterfield und ich den Helden nachgefolgt. Ja, Herr Betterfield fand sogar die Ruhe, die wilde Szene auf seinem Skizzenblock festzuhalten.

Nun trat uns der siegreiche Feldherr entgegen. Sie sind geflohen!, reckte er den roten Bart und wischte mit dem Handrücken den Schweiß von der Gurgel: Unsere Beute besteht bislang aus drei Fässern prima Südwein.

Das ist aus meinem Bestand!, erwiderte Herr Betterfield und begab sich ins Innere seines bescheidenen Palastes, den er, ach, nur eine so kurze Spanne hatte bewohnen dürfen.

O mein Lord!, entfuhr es seinen Lippen: Alles leer!

So war es. Bis auf die Fässer, bei denen die Mannschaft die Leerung unverzüglich nachzuholen begann. Die Räuber schienen alles Übrige, was nur irgend beweglich war, von dannen geschleppt zu haben.

Der Rotbart zupfte Herrn Betterfield sachte am Ärmel. Meine Leute sind beschäftigt!, äußerte er leise: Nun an den Schatz! Ich schlage vor, wir schmeißen das ohne die Kru. Ich hab mir Ihre Ansicht inzwischen zu eigen gemacht. Einfache Leute vertragen den Glanz des Goldes schlecht. Avanti! En avant! Let's go! Vorwärts!

Er zog den Plan aus der Weste, den Herr Betterfield ihm die Nacht gegeben hatte, sowie einen kleinen Kompass, peilte die Umgegend, fand den bezeichneten Baum, eine prächtige Korkeiche, und zählte, indem wir ihm folgten, fünfundachtzig mittlere Schritte Richtung Südost zu Ost. Wir gelangten an einen schmalen Gießbach, der nur wenig Wasser führte, sodass wir, nachdem wir uns gelabt hatten, in seinem Bett wie angegeben über Geröll und durch üppigen Pflanzenwuchs uns einen Weg zur Höhe bahnten. Es war eine knochige Arbeit. Wir kamen an einen Bergsattel, wo das Wasser versiegte und alles Grünzeug aufhörte. Tief unten erkannten wir das Dampfschiff Marabell in der dunkelblauen See. Es sah winzig aus wie aus der Weihnachtsschachtel.

In glühender Sonne ging unser Marsch nun über kahles Gestein bis dicht unter den Gipfel, wo, schon auf der andern Seite, ein jäher Abgrund uns Halt gebot. Der Kapitän, ungeachtet seines Schweißes, darunter er wegen der Schwere seiner

Kleidung und Bewaffnung mehr zu leiden hatte als wir, maß mit hundertsiebenunddreißig Schritten den Rand gen Norden entlang – da er sich verzählte, tat er es zweimal – und fand einen Pfad, fast für Gämsen zu schmal, der in die Schlucht hinabführte.

Noch etwa zwanzig Minuten, da öffnete sich zur Linken ein Felsspalt, in den er unverzagt hineinkletterte. Gott sei Dank wurde es hier kühler. Aber auch bald so finster, dass wir die mitgenommene Laterne anzünden mussten. Enger und enger wurde der Weg. Wasser rieselte schwarz und übel riechend von nackten Gesteinswänden. Da, als ich schon meinte, nun ginge es unmöglich noch weiter, endete der Pfad plötzlich in einer Höhle von etwa Zimmergröße. Kleine weißliche Ungeheuer huschten im Schein der Lampe. Mir war sehr unheimlich.

Die Luft war stickig. Schwer atmend, aber triumphierend schnob der Rotbart: Hier muss es sein!

Herr Betterfield nickte nervös. Seine Augen flackerten vor Aufregung.

Ich aber wusste aus Herrn Betterfields Erzählung, dass es die falsche Höhle war. Dort in der Ecke musste der vier Meter tiefe Krater liegen. Neugierig trat ich als Erster heran. Es war rabenduster dort unten. An einem Strick ließen wir die Laterne hinab. Keuchend standen wir über den Rand gebeugt. Nichts wird da sein!, dachte ich höhnisch. Was sich aber nun, da das Licht tief genug hinunter war, unseren Blicken bot, ließ uns fast das Herz vor Grausen stillstehen. Dort unten lag ein menschliches Skelett, die Zähne grinsend zu uns emporgebleckt. An den verkrümmten Gliedmaßen hingen Fetzen einer blau und silbernen Dienerlivree.

Ein entsetzter Fluch fuhr aus dem roten Barte und mischte sich mit Herrn Betterfields jammerndem Aufschrei, grausig hallend in der engen Höhle. Gelbe Dämpfe schlängelten sich herauf. Die Lampe erlosch.

Wir standen in völliger Finsternis, durch die unser mühsamer Atem keuchte und Herrn Betterfields klagende Stimme erscholl, die da rief:

Adolar! Dacht ich es doch! Alles geraubt! Und mein Adolar umgebracht.

Der Rotbart fasste sich. Er zog die Laterne wieder herauf. Hustend und mit flatternden Händen entzündete er sie wieder, wobei sich herausstellte, dass der Plan versehentlich zu dem Gerippe hinuntergefallen war.

Unter großer Mühsal und halb verschmachtet, da wir den Gießbach nicht wiederfanden, erreichten wir erst am Nachmittag die Hochebene und das weiße Haus.

Des Rotbarts Rache

Dort war der Inhalt der Weinfässer inzwischen ziemlich in die Mannschaft hinübergeflossen. Man hatte dazu einige Bergziegen und Tauben gebraten und als Nachtisch vom Südobst gepflückt. Wir erquickten uns an den Resten. Der Kapitän war mächtig erschöpft. Er war Seemann. Landpartien waren seine Art nicht. Er starrte verschlossen vor sich hin.

Plötzlich sprang er auf: Fesselt sie, schrie er: Es war ein falscher Plan. Durchsucht sie bis auf die Haut!

Vergeblich drohte Herr Betterfield mit den englischen Gerichten und der Hand des Höchsten. Man sah ihm an, hätte er jetzt seine Pistole gehabt, es wäre die letzte Sekunde des Rotbarts gewesen. So aber, ermattet und waffenlos, wurden wir splitternackt ausgezogen. Doch man fand nichts an uns, was einem Plane ähnlich gesehen hätte.

Niemand war darüber – insgeheim – mehr verwundert und bestürzt als Herr Betterfield. Denn ich hatte vergessen, ihm die Begegnung mit Matten zu berichten.

Na schön!, sagte schließlich der Rotbart verdrossen: Verzeihen Sie, meine Herren. Ich sehe ein, wir sind allesamt hineingefallen. Da ich aber nicht Lust spüre, mir diesen Schabernack ungestraft bieten zu lassen – hätte ich doch in der gleichen Zeit ganz andere Fahrten und Frachten machen können –, so werden die Herren es wohl verstehen, wenn ich sie weiterhin nicht mehr als unnötige Esser an Bord zu haben gedenke, sondern ihr Gepäck, nachdem ich mir daraus nach nochmaliger Untersuchung erstens die gebührende Entschädigung, zweitens gegebenenfalls doch noch den richtigen Plan entnommen habe, hier auf diese vermaledeite Insel schaffen lasse. Guten Abend!

Verlassen

Die Mannschaft zog johlend ab. Sie hinderte uns mit schussbereiten Flinten, ihr in die Boote zu folgen, und sang, uns gleichsam zum Tort, das schöne Lied von der weißen Taube La Paloma.

Mich rief es an Bord,
es wehte ein frischer Wind.
Mutter, ich muss fort,
o bete nun für dein Kind!
Draußen stand Nina und weinte:
Das Herz mir bricht!
Nina, was uns auch vereinte,
ändert sich nicht.
Falle ich einst zum Raube
dem empörten Meer,

fliegt eine weiße Taube
zu dir hierher.
Glaub, dass sie nicht verfehle
das Fenster dein.
Mit ihr wird meine Seele
dann bei dir sein.

Auf, Matrosen, ohe!
In die wogende See!
Schwarze Gedanken,
sie schwanken
und fliehn geschwind
uns wie Sturm und Wind.

Ratlos saßen wir da. Es dunkelte bereits, groschengroße Glühwürmchen schwirrten umher. Da wurde unser Gepäck lieblos auf den Strand geworfen. Eilends und voll spöttischen Gelächters stieß das Boot wieder ab, auf Nimmerwiedersehn.

Wir untersuchten die Koffer. Alles Bargeld war weg, dazu alle Wertsachen. Die wissenschaftlichen Aufzeichnungen meines Herrn aber waren zu seiner Freude unversehrt oder doch nur wenig mit fettigen Matrosenfingerabdrücken verunziert.

Und auch etwas Proviant hatte man uns gegönnt, denn der Mensch lebt nicht von Südobst allein. Und auch die Pistole und ein Vorrat an Patronen fand sich an, sodass wir der Zukunft erst mal unverdrossen ins Antlitz blicken konnten.

Herr Betterfield jedoch ließ bald die Hände sinken. Der Plan!, jammerte er: Wo hast du den Plan gelassen? War es denn wirklich nötig, ihn ins Meer zu werfen? Ich lebte doch noch. Oder hat Sutter – Gnade seiner armen Seele! – dir etwa weismachen wollen, ich sei schon umgebracht?

Matten hat ihn!, beichtete ich nun endlich verzagt: Da ist er sicher.

Sicher wie Gold! Sicher wie das Gold, das nun ewig verborgen sein wird. Ohne den Plan werden wir nie den Schatz wiederfinden auf dieser teuflischen Insel. Ha, ein Kinderspiel war der Weg zur falschen Höhle im Vergleich zur echten. Mein Gedächtnis, o meine Nerven! Hätte ich doch das Gedächtnis eines Herodot, eines Homer! Der Plan! Der Plan! Wir werden uns in der fürchterlichen Einsamkeit der Bergwildnis verirren und werden verschmachten. Matten hat ihn, sagst du? Welch wahnsinniger Witz! Ein

Heizer im tiefsten Bunker eines Schiffes, das sich stündlich um neun Seemeilen von uns entfernt. Was wird er damit tun? Wird er ihn in London verkaufen? Dem Kapitän aushändigen? Aus Versehen unter die Kessel fallen lassen? Ins Meer werfen oder Gott weiß wozu benutzen? Götter, sagt mir an: Welch grausamer Unfug wird damit geschehen? O mein Plan! O Agamemnon! O mein Schatz!

In dieser Weise gab der große Forscher und Gelehrte seiner Verzweiflung Ausdruck. Es war mir weh und angst dabei. Ich erbot mich, dem Schiffe nachzuschwimmen. Da aber lenkte Herr Betterfield ein. Mich wollte er nicht auch noch verlieren!, erklärte er. Allein auf dieser Insel zurückzubleiben, allein in einem Paradiese, dessen Schlüssel zur Seligkeit dennoch wahrscheinlich für ewig verloren sei, das wäre ihm nun doch ein zu unerträglicher Gedanke.

Er unterbrach sich. Horch, was war das?, flüsterte er.

Die Marabell geht ankerauf, antwortete ich traurig. Und wir hörten die Ankerwinden und das gellende Geheul der Dampfsirene fern, fern durch die Bergwände schallen. Auch ein paar Schüsse knatterten. Das sollte wohl der Abschiedssalut sein.

Es war Nacht. Verlassen hockten wir da.

Traurige Nacht

Der Mond stieg auf. Ich sah nach der Uhr, nach der kleinen goldenen Damenuhr, die mir der Kapitän merkwürdigerweise gelassen hatte. Sie ging. Es war zehn. Wir schritten dem Hause zu. Die Luft war erfüllt vom Gesang der Nachtigallen, dem Gurren der Tauben und dem Zirpen der Zikaden. Aber wir waren traurig. Wir bereiteten uns ein dürftiges Nachtlager.

Welcher ist heute, fragte ich, als ich mein Abendgebet gesprochen hatte.

Der 25. Juli. Ein denkwürdiger Tag!, gähnte niedergeschlagen Herr Betterfield.

Am 20. August fängt meine Schule wieder an!, versetzte ich vorwurfsvoll.

Armes Kind!, erwiderte Herr Betterfield. Dann

schlief er ein, überwältigt von den Anforderungen der letzten vierundzwanzig Stunden.

Wieder einmal Matten

Um Mitternacht wachte ich auf. Draußen knackten Schritte. Ich nahm meinen Mut zusammen, griff nach der Pistole, die neben Herrn Betterfield lag. Ich wollte ihn wecken, wollte schreien, aber ich war wie gelähmt. Nun also, nun kamen die Räuber, die sich so lange verborgen gehalten hatten.

Etwas, ein Jemand, warf einen riesigen Schatten in die mondhelle offene Tür. Sollte ich rufen: Hände hoch!? Oder sofort schießen? Da sah und hörte ich, wie eine lange Gestalt in Ermangelung einer Klinke an den Pfosten tippte und murmelte: Dee is dat!

Verblüfft und freudig schnellte ich hoch: Matten!, rief ich, wie ist das möglich?

Wir weckten Herrn Betterfield. Die Sache war immerhin zu wichtig. Matten setzte sich zu uns.

Er war pudelnass; jedoch das Klima trocknete ihn bald, und er war froh, den ganzen Heizerkohlenstaub gründlich abgespült zu haben.

Wo ist der Plan?, riefen Herr Betterfield und ich in einem Atem.

Hier!, grinste Matten und zog ihn aus der nassen Hose. Er war feucht, aber unbeschädigt. Und dann erzählte Matten uns umständlich, wie sie ihn zur Abfahrt aus dem Bunker gelassen hätten; er habe sich einen Augenblick die Prahlereien angehört und sei dann sofort zwischen all den Betrunkenen hindurch auf Deck und über Bord gejumpt, Kurs auf die Insel. Ein paar Schüsse hätten ihr Ziel verfehlt. Danach habe er schwimmend lange nach dem Felsenloch gesucht. Die Brandung habe ihn schließlich kopfüber glatt hineingeworfen, und da sei er nun. Denn – so schloss er seinen Bericht – mit einem Schiff, das die Klabauterflagge führt, fahre ich nicht zurück!

Adolar

Frühzeitig den anderen Morgen marschierten wir nach dem richtigen Plane der richtigen Höhle zu, die, welche Mühsal, wirklich unglaublich verborgen lag. Schon mussten wir in der Nähe sein, da, pff, pff, pfiffen uns ein paar Flintenkugeln um die Ohren. Wir warfen uns nieder. Unsere Verzweiflung war groß. Die Räuber hatten anscheinend den Goldschatz doch entdeckt, sich dort versteckt gehalten und verteidigten ihn nun.

Auf einmal aber richtete Herr Betterfield sich mit verklärtem Gesichte auf. Ein sonderbarer Vogelschrei war ertönt, der dreimalige schrille Ruf des Steinkäuzchens. Wie elektrisiert wiederholte Herr Betterfield den Schrei.

Er ist es!, rief er uns dann zu. Freudentränen strömten über sein rundes Gesicht. Laut ließ er den Namen Adolar in die Gegend erschallen. Und nicht allzu fern von der Höhe des Gebirgskammes echote es zurück: How are you, Professor Betterfield?

Bald darauf lagen die beiden einander in den Armen, Adolar, der treue Diener, Schotte und

Seemann, ein ausgedörrter, grobknochiger, sehniger Mann mittleren Alters, und sein rundlicher Brotherr, der Gelehrte und Forscher Professor Dr. Betterfield. Zurückhaltend, aber beglückt standen Matten und ich daneben.

Der Tod der Räuber

Wie nun war das Wunder erklärbar? Es war ganz einfach. Adolar hatte die Räuber in die falsche Schatzhöhle gelockt, genau wie Herr Betterfield den Käpt'n Rotbart. Nur lag damals noch kein Gerippe im Krater. Adolar nun sollte als Erster in den schaurigen, giftigen Schlund kriechen und das ersehnte Gold heraufreichen. Er aber deutete spöttisch an, dort unten führe ein Stollen wieder ins Freie. Die Räuber zogen darauf vor, einen von den Ihren hinunterzuschicken. Der kam aber nicht wieder. Er war nämlich in dem Seitengang bald ohnmächtig geworden. Die oben aber glaubten, er sei mit Gold beladen durch den andern Ausgang entwischt. Somit stieg der nächste der Schurken gierig hinunter. Und nach ihm der nächste, ja, jeder wollte der Erste sein, einer hängte sich an den andern, bis sie alle unten waren, wo denn der Vorletzte dem Letzten, der zu sehr drängelte, noch rasch das Messer in die Brust stieß, so tierisch machte sie die teuflische Goldgier. Der Letzte blieb vor dem Ausgang liegen und versperrte den andern, so sie hätten zurückwollen, den Weg. Sie kamen aber gar nicht erst zurück. Sie wurden allesamt bewusstlos in dem giftigen Qualm, sanken hin und erstickten. Adolar stand allein oben in der Höhle und warf in Ermangelung eines anderen Grabhügels und anderer Blumen seine kurz vorher noch von den Krallen der Halunken zerfetzte, mit silbernen Rosen bestickte blaue Dienerjacke über den armen Leichnam des Letzten der Räuber.

Wo Adolar gehaust hatte

Und gerade wegen dieser deiner Livree, mein Adolar, frohlockte Herr Betterfield, musste ich annehmen, du seiest das bedauernswerte Skelett!

Wir konnten nicht genug tun, zu wundern, loben und danken. Adolar, der aufrechte Schotte, stieg nun voran zu der richtigen Schatzhöhle. Dort nämlich hatte er die ganze Zeit gewohnt; denn sie war geräumig, luftig und ihr Zugang besser zu verteidigen als das weiße Haus im Tal. Er hatte nach und nach die gesamte Einrichtung des Talhauses in die Höhle hinaufgeschleppt, drei der Weinfässer aber, weil ihrer reichlich waren, unten gelassen, um sich auch dort ab und an erlaben zu können. Es war also nicht das Geringste geraubt worden, sondern Adolar hatte alles ordentlich zusammengehalten, wie ein guter Diener soll. Mangel hatte er nicht gelitten, es war alles da auf dem gesegneten Eiland; sogar eine kleine trinkbare Quelle rieselte in der Höhle. Und als Schotte hätte er sich nirgends wohler fühlen können denn im täglichen Anblick all der Kostbarkeiten, die er schon sozusagen als sein Eigentum betrachtet und wie ein Drache sein Lebelang zu hüten gedacht hatte.

Der Schatz

Auch wir durften nun diesen unsäglichen Schatz mit Augen sehen, die goldenen Becher, Schalen und Krüge, die Haarpfeile, Kämme, Armspangen, Ampeln, Figuren und Ringe und was da alles glitzerte, funkelte und gleißte. Die Augen taten uns reineweg weh von all dem Glanz, und wir mussten sie notgedrungen abwenden zu den übrigen Herrlichkeiten dieser wohnlichsten aller Höhlen, die ich je erlebt. Da waren zwei Feldbetten und zwei Sessel. Tisch, Stühle und andere Möbel, ein kleiner Herd und sämtliches Hausgerät, auch Waffen und Munition – Adolar hatte mehrere Flinten zugleich abgeschossen, um eine ganze Horde vorzutäuschen – und auch sonstige Vorräte waren da, kurzum alles, was man zu einem behaglichen Dasein erquicklich findet, das milde Klima bedenkend. Auch Bargeld war reichlich vorhanden und auch zwei leichte Kanus, die von je zwei Mann bequem getragen werden konnten und auch genügend Platz boten für zwei.

Abschied

Wir lebten noch ein paar Tage herrlich und in Freuden im Eden der Taubeninsel. Dann rüstete uns Herr Betterfield mit dem Notwendigsten aus, belohnte uns überreich, sowohl in bar als auch mit einem Scheck auf die Bank von England, einlösbar über Hamburg. Er gab uns auch ein Empfehlungsschreiben mit an den Konsul zu Porkos, seinen Landsmann, dem wir nur sagen sollten, der Professor sei gesund und wolle mit seinem Diener auf der Insel ausharren, sein wissenschaftliches Werk über den König Agamemnon und dessen Schätze vollenden und, wolle Gott, dort auch sein Leben in Frieden beschließen, und das, wenn nicht anders, unter dem Schutze der britischen Regierung.

Auch schenkte er uns eins der Boote.

Der Abschied kam. Er war rührend. Ich muss sagen, ich weine selten, aber damals habe ich geweint, war ich doch erst zehn Jahre alt.

Das waren Sommerferien!

Kraft Mattens in der Nordsee erprobten Fähigkeiten und unter meiner Beihilfe erreichten wir in dem schwankenden Kanu die Insel Porkos, richteten alles aus und begaben uns schon am nächsten Tag bei günstiger Gelegenheit an Bord eines Hamburger Dampfers, der, mit Zypernwein und Bruyèreholz beladen, gerade die Heimreise antrat. Da wir unsere Passage abarbeiteten – damals war das noch möglich –, sparten wir sogar das Reisegeld und kamen wohlbehalten und wohlhabend wieder in Cuxhaven an. Und genau auf den Tag, da die Schule wieder begann.

Junge, ja, das waren vielleicht Sommerferien gewesen!

Und das Türtippen?

Tante Geesch – du weißt, wie ich um sie gebangt hatte – war wohlauf und munter. Sie hatte schon immer heimlich in der Lotterie gespielt und inzwischen hundert Taler gewonnen. Donnerwetter! Nun war es klar. Matten hatte mit seiner Tipperei am letzten Morgen und mit seinem Ausspruch: Dee is dat!, nicht etwa Unglück, sondern Glück gebracht, genau wie in der Nacht auf der Taubeninsel. Jedermann in Cuxhaven hatte bislang das Gegenteil geglaubt. Welch angenehme Enttäuschung nun. Wie angesehen stand Matten da! Und was hatte er erlebt! Und wie hatte er sich benommen! Und der Reichtum, der ihm zugeflossen war! Oh, wie gern hätte jeder nun gehabt, dass der überspönige Matten von einst ihm an die Klinke tippe und sage: Dee is dat!

Aber Matten machte das nicht mehr. Er heiratete seine dralle blonde Bauerntochter, die jetzt tat, als sei sie nie hochnäsig gewesen, und er ließ sich einen fabelhaften Hochseekutter bauen, schenkte mir auch ein Paar funkelnagelneue Seestiefel. Nachdem ich mir einen guten Anzug gekauft hatte und für Tante Geesch einen Sorgenstuhl mit Nackenpummel und für ihre Katze in ehrendem Andenken an den Kater Tom eine ganze Mettwurst, lieh ich Matten mein übriges

Geld zu seinem zinslos dazu, weil ich es noch nicht brauchte. Erst zwölf Jahre später nahm ich es zurück, als ich nämlich meine Steuermannsprüfung ablegen wollte.

Und Florence?

Richtig, da war ja auch noch die kleine goldene Damenuhr, die mir aus dem Nachlass des Bootsmanns Sutter zuteilgeworden war. Matten sagte: Wer weiß, wo der sie geklaut hat. Gib sie weg, da hängt kein Segen an!

Er wollte nämlich, ich sollte sie seiner Braut schenken. Das tat ich aber nicht, sondern hoffte auf eine bessere Gelegenheit. Und diese kam denn auch. Entsinnst du dich des Lotsen auf der Marabell zu Hull? Hatte der nicht versprochen, er wolle nach unserm damals abhandengekommenen Fischewer sehen? Und tatsächlich! Eines Tages kam er mit dem guten alten Stück bei der Alten Liebe zu Cuxhaven längsseit. Nanu!, grölten wir: Was für eine Überraschung! Und denk dir, ich traute meinen Augen nicht, mitten im Boot steht die kleine Florence und winkt, dieselbe, die mir derzeit in der Taverne zum Schweinskopf von ihrem Butterbrot spendiert hatte. Schön! Ich also zeig ihr so nebenbei die Uhr. Ich dachte nämlich, sie sollte dann sagen: O wie hübsch!, oder dergleichen, und dann hätte ich sie ihr geschenkt. Sie aber sagte das nicht. Sie machte ein ganz bestürztes Gesicht und rief: Vater, das ist Cornelias!

Der Lotse warf einen erstaunten Blick auf die kleine goldene Sache. Allerdings!, bestätigte er kopfschüttelnd und betrübt: Cornelias, meiner ältesten Tochter Uhr. Dieser Rand aus Vergissmeinnicht in Emaille, es stimmt. Ich kaufte sie ihr, als sie sich verlobte. Aber seit Bootsmann Sutter verschollen ist, ist auch sie verschollen. Sie wird ihn suchen gegangen sein in der Tiefe des Wassers. Hat man Söhne, so nimmt einem die See sie weg. Hat man Töchter, so macht die See auch davor nicht halt. Mag Florence die Uhr behalten zum Andenken und zur Warnung.

Florence hat die Uhr noch heute. Wir schreiben einander alle Jahr mal eine Postkarte, obwohl sie längst Großmutter ist und jemand ganz anderen geheiratet hat als mich.

Und die Taubeninsel?

Die Taubeninsel ist später durch einen Vulkanausbruch zerstört worden. Ich las es in der Zeitung. Friede ihrer Asche!

Und die Marabell?

Die Marabell, fragst du. Jawohl, dieser schöne Raddampfer, zweitausend Tons, dreihundertfünfzig Pferdestärken, einer der nettesten seiner Zeit, ging auf der Heimreise mit Mann und Maus in der Biskaya unter. Nur der Koch wurde gerettet. Woraus man sieht, dass es mit der Klabauterflagge seine Richtigkeit hat, man mag dazu sagen, was man will.

Und der Herr Betterfield?

Ja, ob der Herr Betterfield auf der Insel umgekommen ist oder ob er rechtzeitig mit seinen Schätzen sich gerettet hat, darüber habe ich leider nie etwas erfahren können. Hoffen wir aber das Beste! Denn er war ein guter Mensch.

Rückblick

Wie die meisten »Hamburger Jungs« wäre ich lieber Seemann geworden. Wir wohnten zwar vom Hafen ziemlich weitab, in St. Georg, was vormals eine Vorstadt vor den Toren gewesen war. Das Haus in der Langenreihe hat die Bombennächte des Krieges überstanden, ein Etagenhaus mit einem griechischen Giebel, das einzige seiner Art in der Gegend. Und dort im vierten Stock konnte ich nachts, jäh aufwachend, deutlich die Ozeaner hören, die mit gewaltiger Stimme von See kamen oder in See gingen. Ich unterschied von den großen Bässen die gellenden Schreie der behänden Schleppdampfer, welche die Riesen aus- und einbugsieren in den engen Hafenschläuchen. Und selten verschlief ich das ungeheure Konzert, das sich morgens um sechs erhob, wenn alles, was im Hafen einen Schlot und genügend Dampf hatte, in Gemeinsamkeit losheulte, jaulte, brummte, pfiff und keifte, den neuen Tag und Arbeitsbeginn zu grüßen.

Mein Vater war am Hafen als Schauermann tätig. Er hatte seinen Part beim Laden und Löschen der Seeschiffe. Sein Gebiet lag jenseits des Elbstroms auf der früheren Elbinsel Kuhwärder, wo statt der Kühe nun gigantische Kräne weideten und kilometerweit

Schuppen, Schienen, Rampen und Kaimauern die grasige Einsamkeit von einst ersetzten und Tag und Nacht Lärm und Betrieb herrschte. Die Hamburg-Amerika-Linie, die bedeutendste Reederei der Freien und Hansestadt Hamburg, ja, damals die größte Schifffahrtsgesellschaft der ganzen Welt, hatte hier ihr Hauptgelände. Gelegentlich brachte mein Vater seltsame Muschelgehäuse mit, ein andermal wunderlich geformte Nüsse, Baumwollkapseln oder Proben exotisch duftender Hölzer. Auch habe ich früher als die meisten meiner Schulkameraden Bananen gegessen, deren Einfuhr damals eben begann.

Einmal – ich war noch sehr klein – bekam ich eine Tasse zum Geschenk. Der Henkel war nur halb, und ein Steward (Stuart, wie die englische Bezeichnung für die Aufwärter und Kellner an Bord ausgesprochen wird) hatte sie grad über Seite werfen wollen, als mein Vater sich ihrer erbarmt. Es war ein dickwandiges Gefäß in Form eines kleinen niedrigen Blumentopfes, weißes Steingut, eine rechte Pantry-Mug, geeignet, viele Strapazen, wie Wind und Seegang sie mit sich bringen, zu überdauern. Ihre Beschädigung ließ ermessen, welch besonders schlimmen Orkan sie erlebt haben musste. Kein Wunder, dass ich sie sehr liebte. Zumal sie verziert war mit der Kontorflagge der »Hamburg-Amerikanischen Packetfahrt-Actien-Gesellschaft«, darauf in weißem Feld zwei blaue Dreiecke zur Mitte streben, blau wie das Meer in den Träumen; und dort, wo die Spitzen sich berühren würden, legt sich senkrecht ein schwarzer Schiffsanker hinein und über dessen Schaft ein gelbes Wappenschild, gelb wie die Sonne südlicher Gestade, und darin sind dic fünf Anfangsbuchstaben des langen Reedereinamens wie die Augen eines Würfels angeordnet. Es waren die ersten Schriftzeichen, die ich nachzuzeichnen und auszusprechen begann, ehe mir noch der weltweite Sinn des Begriffes HAPAG klar werden konnte. Und ehe noch deren Devise: »Mein Feld ist die Welt«, mein Gemüt beunruhigte.

Vorerst füllte sich meine Fantasie aus den Erzählungen, die hier und da von Seebefahrenen bis in unsere stille Stube gelangten! Mein Vater selber schwieg sich ziemlich aus. Er hatte den harten Beruf Janmaats allzu nah kennengelernt. Wäre es nach ihm gegangen, hätte ich nicht mal einen Blick in das Hafengetriebe werfen dürfen. Er wusste, welch unmäßige Verlockung dort lauert, und er gedachte, mir die bitteren Enttäuschungen zu ersparen, die in der »Romantik der Seefahrt« eben nicht unhäufig sind.

Sehr heimlich musste ich später in den großen Ferien mich – angeblich irgendwo auf dem Lande in Kost – an Bord eines Fischdampfers schleichen, dessen Kapitän mir wohlwollte. Da denn erfuhr ich bald in vollen Zügen, was mein Vater gemeint hatte, wenn er finster gemurmelt: »De verfluchte See!« Und warum meiner zarten Mutter Augen sich mit Tränen füllten, wenn ich nur von fern meine Vorstellung andeutete, mich eines Tages mit goldenen Ärmelstreifen auf der Brücke eines Transatlantikers zu sehen.

Für die Schifffahrt ist wichtig, dass nicht alle Eltern so denken oder dass Söhne trotzdem der abenteuerlichen Neigung zu Erfolg verhelfen. Vielleicht aber war ich im Grunde weniger robust, als es für den härtesten aller Berufe notwendig ist, und war somit wohl recht beraten, wenn ich dem Wunsche meiner Mutter gemäß fast Pastor, immerhin aber wenigstens für einige Jahre Schulmeister wurde. Bis denn der Erste Weltkrieg mich mit einer Feldverletzung ins scheinbar noch Beengtere, an den Schreibtisch verwies.

Doch merkte ich bald, dass von dort aus es keine Hindernisse gibt, in alle Meere und Weiten zu schweifen. Dass damit also Gelegenheit war, einer anderen abenteuerlichen Lust nachzugehen, nämlich den Weitfahrern gleich ein »Garn zu spinnen« und es zu andrer Freude festzuhalten.

Selbstverständlich habe ich keine Möglichkeit versäumt, auch tatsächlich weite Reisen zur See und über Land zu machen. Man muss schon hin und wieder viertausend Meter Salzwasser unter den Sohlen gespürt haben, wenn man darüber berichten will.

Jedes Garn braucht seinen Rocken,
unbelegt wird manches stocken.

Ein Freund meines Vaters, Senator Roosen, hatte mich, blasse Großstadtpflanze erster Schuljahre, zur Erholung in ein Kinderheim an die Nordsee geschickt. Dort, vor Cuxhaven, bekamen die nächtigen Hafenstimmen ihren ersten sichtbaren Hintergrund, als mich die Gewalt von Sturm und Brandung bis ins Innerste berührte und mir in unverbautem Horizont die saugende Süße der silbernen Ferne aufging. Wie lautet doch im lutherschen Katechismus die Antwort auf die Frage: »Was ist das?« Sie lautet: »Wir sollen Gott fürchten und lieben.«

So ähnlich war von da an mein Verhältnis zu allem, was See und Seefahrt heißt.

Kapitän Schröder hat ein halbes Jahrhundert lang kleine und große Fahrzeuge durch die Ozeane gelenkt, zuletzt die berühmte »St. Louis«. Neulich sagte er: »Mir wird das große Wasser immer unheimlicher.« Das fühle ich ihm nach.

Als ich erwachsen war, hab ich lange in Övelgönne und Blankenese dicht am unvergleichlichen Weltfährweg gewohnt. Ich bin stolz auf meine Vaterstadt, die nach all ihren Leiden wieder der bedeutendste Seehafen unseres Kontinentes ist. Die Raumnot nach dem Zweiten Weltkriege zwang mich, meine Zuflucht anderswo zu suchen. Ich zog mich weit ins Landesinnere zurück, entsprechend grollend. Aber schließlich merkte ich, dass mein Schicksal es richtig mit mir meint.

Ungestillt Seefahrerblut,
mit Ebbe und Flut
ruhlos gemischt,
das tut nicht gut.
Es bändigt sich besser
an bescheidnem Gewässer
unter der Berge erstarrtem Gischt.

Und so hause ich denn vergnügt auf der Schweizer Seite des Bodensees, einigermaßen der Turbulenz entronnen, die, vom Golfstrom geheizt, das europäische Gemüt in nervöser Bewegung hält und den Empfänglichen von den Küsten weg in alle Winde zu schleudern bestrebt ist. – Gode Reis!

Wer in der Freien und Hansestadt zwischen Elbe und Alster, zwischen Hafenschwalch und Behagen geboren wird, hat die weite Welt vor sich und das Vaterland im Rücken. Ich habe jetzt beides vor mir.

So tritt der Maler zurück von seinem Bilde, meinte jemand. – Denn man to!

Hans Leip

Nachwort

Glück und Gischt – Die Klabauterflagge des Hans Leip

»Was hatte er da von einer Klabauterflagge gebrummelt? Was ist es denn damit?, fragte ich wissbegierig. – Frag lieber nicht!, antwortete Matten, indem er einen Priem in Lee über Bord spie und die Segel etwas dichter holte.«

Ja – genau so soll eine Seeabenteuergeschichte einsetzen. Immer schon und solange noch irgendein Fahrensmann, schwanken Gangs, sich an ein aufgerolltes Tau lehnt und ins Erzählen kommt. Das soll der *Sound* sein, so wollen wir Leser es haben.

Und auch im Fortgang der Handlung mögen wir von den wohlbekannten erzählerischen Elementen keines missen. Zunächst die Elemente selber, Weite, Wogen und Orkan. Raue Gesellen auf großer Fahrt, im Herzen gut, des Weiteren auch Schurken, mit denen sich der jugendliche Erzähler, der »Moses«, der Schiffsjung' die Planken teilt. Er wurde »shanghait«, versteht sich, mit Gewalt an Bord geholt. Dem Smutje muss er zur Hand gehen, doch weiß er seinen verlässlichen, väterlichen Freund als Heizer im Maschinenraum. Dann ist da noch ein spleeniger Engländer, der die Mannschaft angeworben hat. Ein vergifteter Kater. Eine Schatzkarte, eine Insel.

Selbst das »schöne Lied von der weißen Taube La Paloma« (Auf, Matrosen, ohe! …) findet sich eingestreut. In einer frühen Version allerdings, denn richtig populär wurde es in Deutschland erst Jahre nach Erscheinen von Leips Roman: 1944 in Helmut Käutners Fassung im Film *Große Freiheit Nr. 7*.

Unter Jugendlichen wird heute manch ererbte Hervorbringung des Entertainments als »Kult!« gefeiert, wenn sich – wie bei »Hossa!«-Schlagern oder Edgar-Wallace-Verfilmungen – alle Klischees, die man von einem bestimmten Genre erwarten darf, ungeschmälert und lückenlos vorfinden. Zu solchem »Kult« eignet sich Leips *Klabauterflagge* durchaus – doch muss hier klargestellt werden, dass sich das staunenswerte Ensemble tradierter Trivialitäten nicht zu etwas Trivialem zusammenfügt. Ganz und gar nicht. Mit der *Klabauterflagge* wurde eine kleine, feine literarische Konterbande an Land gezogen. Die Gefahr jedes Genre-Schmökers, in Schund abzugleiten, bannt der Autor souverän mit Witz, vor allem Sprachwitz, mit Anspielungen auf die maritime Weltliteratur und auch sonst mancherlei Bildungsgüter, sodass wir von einem literarischen Spiel sprechen dürfen: einem Pingpong mit unseren erlesenen, will sagen: angelesenen Erwartungen.

Man möchte sich vorstellen, wie Hans Leip und der Verleger der Insel-Bücherei Anton Kippenberg damals bei einer Flasche Jamaica-Rum zusammensitzen und ein Büchlein vereinbaren, in dem mit Liebe und Witz alles arrangiert sein soll, was die Seefahrtsschwarten zu bieten pflegen.

Das besondere Kunststück aber, das dem Buch, als es dann vorliegt, gelingt, ist: dass die Ironie so zurückgehalten mitläuft, dass sie selbst einem ganz jungen Leser, der nur das Abenteuer sucht, die Lektüre nicht verleidet. Dass es nicht wegdriftet zu reinem »Spaß«. Ein Beispiel für diese Umsicht ist die kleine Klabauter-Mythologie, die der Autor liefert. Die früh gestorbenen Seeräuberkinder, die »schon als Babys allzu viel trinken und allzu laut fluchen«, weil sie »wild und tobig von Natur sind«, die vom lieben Gott mit Ölzeug, Südwester, Seestiefeln und Shagpfeife versehen werden »und auf See gegeben, wo sie denn bald auf diesem, bald auf jenem Schiff mitfahren und ihr Unzeug treiben«, sind eine erzählerische Miniatur mit genauem Gespür für den Hamburger »Schnack« und den dort gepflegten unterkühlten Witz – wahrhaft niedlich, aber für die jüngsten Leser, die sich auf hohe See träumen, an sich *zu* niedlich. Man erinnert sich, dass Christian Morgenstern in seinen *Galgenliedern* (1905) dem Klabautermann noch Klabauterfrau und Klabauterkind an die Seite gegeben hat, und auch der Pumuckl ist ja ein Nachfahre der Klabauter. Leip umschifft die Klippe, indem er dies »Garn« den Fischer Matten abspulen lässt, und der zuhörende Junge kommentiert, dass ihn an dieser »ulkigen Klabautersache« eigentlich nur die Seestiefel fesseln, die auch er sich wünscht.

Die durch Rumoren in den Schiffen Unheil ankündigenden Klabauter gehören in den Bereich des an den norddeutschen Küsten verbreiteten *Spökenkiekerischen.*

Manchem wird ein zweites Gesicht nachgesagt, das ihn Schlimmes vorausahnen lässt. Kein Zweifel, der Fischer Matten hat es, und ebenso wenig zweifelhaft ist, dass seine Gewohnheit, an die Türklinken der Häuser zu tippen und »Dee is dat nich!« zu murmeln oder auch schon einmal: »Dee is dat!«, zum Komischsten in der vorliegenden Erzählung gehört.

Das ist wohl eine Schicht des Texts, die eher den erwachsenen Leser anspricht. Der wird auch manchen erzähltechnischen Kniff würdigen. Etwa die zweifach ineinandergeschobene Rahmenhandlung: Ein Hans-Leip-Ich erzählt, wie er »so um zehn herum« war und immer zum Freihafen ging und am schmiedeeisernen Geländer der St. Annenbrücke auf den alten Käpt'n Pott wartete, der nun auch seinerseits aus seinem »fahrtenreichen Seemannsleben« berichtet, »zumeist kurz und in halbem Selbstgespräch in den Nebel gemurmelt« – ausführlich jedoch von seiner ersten Fahrt, als er selber zehn war. »Wenn dir auch alle sagen, mein Jung, dass es die nicht gibt, die Klabauterflagge – begann Käpt'n Pott – so sag ich dir, es gibt sie doch.«

Es sind noch mehr der erzählerischen Finessen. Etwa dass der Kapitän der Marabell, der Rotbart, eine tragende Figur des Geschehens, anfangs als gewalttätig, dann vertrauenswürdig eingeschätzt, sich jäh doch als der Übelsten einer entpuppt: Diese hitchcockige Volte werden Rezipienten jeden Alters zu schätzen wissen. Wie es sich überhaupt – ganz unabhängig von seinen »spaßigen« Seiten – um ein *spannendes* Buch handelt!

Die Handlung hat Gemeinsamkeiten mit manch einem Klassiker des Genres. Die mit Gewalt an Bord geholten und mit Gewalt an Bord gehaltenen Kerls kennen wir aus Jack Londons *Seewolf,* den ebenso unfreiwillig im Kesselraum tätigen Heizer aus B. Travens *Totenschiff,* die erzählerische Sicht eines Jungen auf erster Fahrt von Herman Melvilles *Redburn,* Malcolm Lowrys *Ultramarin* und vielen anderen Büchern, hauptsächlich aber, versteht sich, aus Robert Louis Stevensons *Schatzinsel.* Von ihr kommen uns auch die Schatzkarte, die Kämpfe auf der endlich erreichten Insel und andere Einzelheiten bekannt vor. Von all diesen Werken unterscheidet sich unsere *Klabauterflagge* aber dadurch, dass die Handlung, die Schauplätze, die Charakterisierung der an Bord versammelten Typen, die Geografie der Meere wie der Insellandschaft nur wie auf einem Skizzenblock mit schnellem Strich aufs Papier gebracht scheinen. Warum? Weil das für ein verspieltes Büchlein reicht, und auch weil der angepeilte erzählerische Kosmos samt seinen Facetten, da genretypisch und bekannt, für den Aficionado solcher Lektüre doch nur »aufgerufen« werden muss.

Zwingend ist, dass Seefahrtsvokabular aufgenommen wird. Auch das schätzen schon jüngste Leser und fachsimpeln alsbald. Man hält die »Schotleine« und folgt dem »Kompassstrich«, man ist auf »Frei-« oder auch auf »Hundewache«, und einmal steigt Atje in die »Wanten« – bis hoch ins »Marssegel«. Zu Beginn fahren sie ja nur auf einem »Buttkahn«: einem »Ewer«, mit »Schleppkurre« und »Bünn«, aber später dann doch auf einem »Radkasten«. Natürlich verachten sie die »Sottpüster« – im Vergleich mit den großen »Rahseglern«, den »Briggs, Barks und Schonern«. (Zu den Feinheiten des Lektüreerlebnisses der *Klabauterflagge* gehört ja, dass man sich da über die »neumodischen« Dampfschiffe mokiert, die nun ihrerseits längst Museumsschiffe geworden sind.)

Es war diese – bei Leip noch mit vielen eigenen Wortschöpfungen gespickte, im Frühwerk obendrein expressive – Maritimsprache, die Robert Neumann dazu einlud, ihn mittels einer seiner berühmten Parodien aufzuspießen: »Pühü, wie der kolke Wind durch die Pallinge pfiff! … Priek, klünke Tween.« Leip, den wir in der *Klabauterflagge* von seiner humorigen Seite kennenlernen, hat auf die Parodie seinerzeit sehr ungehalten reagiert. (Dabei fand er sich in Neumanns Sammlung *Mit fremden Federn* in Gesellschaft nur arrivierter, ja prominenter Schriftstellerkollegen!) – Zu den sprachlichen Kostbarkeiten unseres Klabauter-Buchs gehören des Weiteren – neben aus der Mode gekommenen Wendungen wie »Sauerbrunnen« (für Mineralwasser) und dem Versuch einer Eindeutschung der (Schiffs-)Crew zu »Kru« – auch einige Hamburgensien. Was und wer »plietsch« ist, weiß jeder »Hamburger Jung'«!

Robert Neumann nahm als Vorlage der spöttischen Nachahmung Leips Roman *Godekes Knecht.* Mit ihm hatte der Autor 1925 einen Durchbruch erzielt: ein wildes Buch um die *Likedeeler*, die nach Störtebekers Tod von Helgoland aus fortfahren, die See unsicher zu machen. Likedeeler heißt »Gleichteiler«, und der Romancier rechnet sie den »›Kommunisten‹ aller Jahrhunderte« zu: Ihr Ziel sei es gewesen, »arm und reich gleichzumachen«. Hans Leip folgte längere Zeit auch einem wissenschaftlichen Ehrgeiz und recherchierte als Historiker über die Freibeuterei. Der Ertrag ist im Wesentlichen sein immer wieder aufgelegtes Werk *Bordbuch des Satans,* akademisch hat er es indes »nur« zum Professor ehrenhalber gebracht. *Godekes Knecht* bekam noch eine Fortsetzung mit dem *Muschelhorn* (1940), und mit der Zeit wurde Leip in der deutschen Verlagslandschaft zu einem Lieferanten für alles von See und Küste. *Jan Himp und die kleine Brise, Fähre VII, Die Bergung* und viele Titel mehr zeugen davon. Dabei wurden *Der Nigger auf Scharhörn* und das *Klabauterschiff* vornehmlich als Jugendbücher rezipiert. Ein Kinder- und Jugendbuchautor im eigentlichen Sinn war Hans Leip aber nicht, und selbst sein Bilderbuch *Das Zauberschiff,* zweisprachig und vom Verfasser illustriert, fand den Weg nicht so sehr in Kinderzimmer wie in die Vitrinen von Bibliophilen.

Der Schriftsteller selbst muss heute insofern als ein Unbekannter gelten, als fast alles, was man vom ihm zu wissen meint, ungeprüft weitergetragene Klischees sind und der Nachprüfung nicht standhalten. Hans Leip, denkt man, das ist doch der Verfasser all dieser Geschichten zwischen Süß- und Salzwasser, ein Freddy Quinn der Schreibmaschine, ein schriftstellernder Hans Albers? Der von hoher See und Landgang erzählte und reimte, wohl auch selber zur See gefahren war? Oder war das Gorch Fock?? Und welches Gedicht war nun von ihm und welches von Ringelnatz? Ach, und war er nicht bei den Nazis gut im Geschäft, weil die Landser seine *Lili Marleen* grölten?! So viel Konfusion. Was stimmt?

Er war keine Landratte, aber in nennenswertem Umfang war doch nur sein Vater auf See gewesen, er selber war Jahrzehnte seines Lebens gar in den Alpenländern zu Hause. Er hatte den Beruf eines Volksschullehrers erlernt, aber mit einem Dasein in der Boheme seiner hansischen Heimatstadt getauscht. Hier hauste er in wechselnden Quartieren, mal gehoben, mal in der Art des »armen Poeten«. Als »Himmelsecke« legendär gemacht hat er seine Stube hoch oben an der Ecke des Jungfernstiegs im Haus seines Mäzens, des Juweliers Wilkens. In den Anfängen betätigte er sich mehr als Zeichner und Lithograf, doch war ihm das »kindlich selbstverständliche Miteinander der Künste« Programm. In diesem Sinne trat er als Organisator der wie Gesamtkunstwerke konzipierten Hamburger Künstlerfeste der 20er Jahre hervor – »unvergleichbar unpolizeilichen« Veranstaltungen, wie sich sein Kollege Hans Henny Jahnn gerne erinnerte. Leip arbeitete dann ungemein produktiv in allen Gattungen: Lyrik, Prosa, Theater, selbst für Puppenbühnen und Pantomimen, dazu immer wieder als Manager von Verbandsaktivitäten und sonstigem Autoren-Networking. Er galt als Bonvivant und Womanizer.

Sein größter Erfolg und das große Missverständnis, das seinem Leben den Stempel aufgedrückt hat, war aber in der Tat *Lili Marleen*. Nach 1945 war das Gerücht in der Welt, er habe mit dem Schlager willentlich Nazipropaganda gemacht und daran Millionen verdient. In Wahrheit ist der Text schon 1915 entstanden – in der sogenannten Maikäferkaserne an der Berliner Chausseestraße – und so melancholisch un- und antimilitaristisch, wie es seiner damaligen Stimmung entsprach. Man lese seine deprimierten brieflichen Mitteilungen von der Karpatenfront, von der er körperlich und seelisch verwundet zurückgebracht wurde. Auf Jahre hin wurden traumatisierte Kriegsheimkehrer sein Thema. Verkehrte Welt: Eine NS-Illustrierte druckte später ein Foto des jungen Gardefüsiliers Leip von 1915 als »Paradebild eines Prachtkerls«. »Ich glaube, alle Kriege, ganz gleich, ob ein noch so hehrer Vorwand sie entfacht, sind seit eh und je nichts als Raub- und Mordbrenner-Verbrechen. Ich glaube, jede Konfession, die Waffen segnet und Feldprediger stellt, ist reif für die Hölle, an die sie glaubt«, schrieb er im Alter. Anders hat er nur die Beutezüge der Likedeeler sehen wollen …

Zu der unvergleichlichen Wirkungsgeschichte von *Lili Marleen* dieseits und jenseits aller Fronten ist viel geschrieben worden. Die Manier der Vertonung durch Norbert Schultze wurde nicht von Leip angeregt, noch weniger ihr marschrhythmischer Vortrag. Dass das Chanson nach dem Desaster von Stalingrad durch Goebbels »verboten« wurde, scheint eigenartigerweise nicht so sehr im wenig Zuversicht ausstrahlenden Inhalt begründet gewesen zu sein als darin, dass die Sängerin Lale Andersen im Geflecht der konkurrierenden Naziinstitutionen in Ungnade gefallen war. – Übrigens findet sich ein anderes, sehr schönes Leip'sches Liebesgedicht: »Es sprach die Sonne, Muschemusch …« als leitmotivisches Lied in dem wahrhaft nicht faschistischen Film *Unter den Brücken* von Käutner, der im Krieg nicht mehr zur Aufführung gelangte. Ein ehrenvoller Platz für ein Liedchen.

Hans Leip selber hat sich im Rückblick stets »abseits jeder Partei« gesehen, »nie Rebell oder Verfechter« – womit er es sich in der Vergangenheitsbewältigung zu leicht gemacht hat. Für Goebbels' Renommierzeitschrift *Das Reich* etwa ließ er sich beauftragen, davon zu künden, dass Hamburg unter den Nazis ordentlicher geworden sei. Auch begab er sich zu den »Großdeutschen Dichtertreffen« nach Weimar. Doch war er ebenso wenig Nazi wie Widerstandskämpfer. Auch freilich kein Emigrant, und nicht einmal ins »Innere«. Er hat nur – in dieser Hinsicht etwa Hans Fallada vergleichbar – immer von seinem Schreiben und Publizieren leben wollen, *gut* leben, und sich dabei mit manchem eingelassen – auch (um noch einmal seinen Titel zur Piraterie zu bemühen) mit dem Satan. Couragiert zeigte er sich dagegen 1943 mit Veröffentlichung und Vortrag der unwillkommenen, eindringlichen Ballade *Lied im Schutt,* die unter dem Eindruck des Feuersturms von Hamburg entstanden war. Und im vorstehend abgedruckten »Rückblick« zur *Klabauterflagge* nimmt er mit Bedacht auf Kapitän Schröder Bezug, der »kleine und große Fahrzeuge durch die Ozeane gelenkt« hat, »zuletzt die berühmte ›St. Louis‹«. Das aber ist der Hapag-Dampfer, auf dem Schröder 1939 fast tausend jüdische Passagiere zu retten bemüht war. Die Irrfahrt voller Rückschläge und Teilerfolge ist berühmt geworden, und Schröder gilt als »Gerechter unter den Völkern«. Leip war mit Gustav Schröder befreundet, und auch er war auf der St. Louis gefahren. Einige Jahre früher, auf KdF-Tour ins Nordmeer.

Wie er selbst, der später nicht mehr in Hamburg,

sondern in den Bergen lebte und 1983 in der Schweiz gestorben ist, ist auch sein umfangreiches Werk uneinheitlich und schillernd. Mancher Schatz wäre zu heben. *Der Nigger auf Scharhörn* bemüht sich um eine »Brücke über den Abgrund, der zwischen den Rassen klafft und den Vernunft und Menschenliebe und Weltbürgertum nur langsam zu füllen vermögen« (so dort, zum Schluss, der Ich-Erzähler selber). Erich Kästner schätzte es als eines der wenigen Jugendbücher, die »Dichtungen genannt werden« dürften. Dass nun – wie sich Leip einmal auf einem Umschlagtext ausdrückte – die *Klabauterflagge* »auf einen neuen Mast gehisst« wird, hat seine gute Berechtigung. Möge sie wieder plietsche Leser finden.

Karl Kröhnke

Karl Kröhnke lebt als Autor und Literaturwissenschaftler in Berlin und bei Hamburg. Er ist Lehrbeauftragter der Humboldt-Universität und in der Berliner NS-Gedenkstättenarbeit tätig.

Worterklärungen

acheln essen
achtern hinten
Backbord linke Seite des Schiffs (in Fahrtrichtung)
Bark großes Segelschiff mit mindestens drei Masten
Besan Segel am hintersten Mast
Besanmast hinterster Mast des Schiffs
blakend qualmend
Brigg zweimastiges Segelschiff
Büttel jemand, der niedrige Dienste ausführt
Bug vorderster Teil eines Schiffs
Butje (Straßen-)Junge
Butt Flunder
Buttkahn kleines Boot
Duhn jemand, der angetrunken ist
Ewer kleines Kanal-, Fluss- oder Wattschiff, das früher häufig zum Waren- und Marktverkehr eingesetzt wurde
ohne viel Federlesens mühelos
ein Fellvoll eine Tracht Prügel
Fockmast vorderer Mast eines Segelschiffs
Fregatte Kriegsschiff, das meist Geleitschutz gibt
Freihafen Abgegrenztes Teilgebiet eines Hafens, in dem keine Zölle und Einfuhrumsatzsteuern

erhoben werden. Der Hamburger Freihafen existierte 124 Jahre, bevor er 2012 aufgelöst wurde.

Freiwache Zeitraum zwischen zwei Wachen

Gangspill Vorrichtung zum Hissen schwerer Lasten (etwa des Ankers)

glupen glotzen

glustern glimmen

Großsegel am Großmast gefahrenes Segel

Grundangel Angel mit beschwertem Köder, der auf dem Gewässerboden ausgelegt wird

Hundewache Nachtwache von Mitternacht bis vier Uhr morgens

jachtern jagen

Jakobsleiter Strick- oder Tauleiter

jiepen pfeifen

Jolle ein kleines Schiffsbeiboot, das meist gerudert wird, aber auch segeln kann

beim Kanthaken kriegen umgs. für jemanden am Kragen packen

Kollo, Pl. Kolli kleinste Verpackungseinheit einer Warensendung

Kontorflagge Hausflagge von Handelshäusern oder Reedereien

Kimm die auf offenem Meer sichtbare Grenzlinie zwischen Wasser und Himmel

klüsen mit allen Winden segeln

Klüten Klöße

Kusen Zähne

Lee vom Wind abgewandte Seite

Logis Kajüte

Lütt Kleiner

Marssegel zweites Rahsegel (von unten)
Marsstenge Teil des Mastes, der das Marssegel trägt
sich mausig machen frech sein
Messboy Mitglied der Schiffscrew, das in der Küche aushilft, Speisen und Getränke serviert und sämtliche Aufträge seiner Vorgesetzten erfüllt
plieren blinzelnd schauen
plietsch pfiffig
Porter eine Schwarzbiersorte
Priem Kautabak
Pütting Beschlag zum Befestigen der Wanten
Radkasten Gehäuse des Schaufelrads eines Dampfschiffs
Rah waagrechte Stange am Mast
Rahsegel rechteckiges oder trapezförmiges Segel, das an einem Rah geführt wird
raumer Wind schräg von hinten wehender Wind
Rummelkasten ironisch-witzige Bezeichnung für ein Dampfschiff
Sauerbrunnen Mineralwasser
Schleppkurre in einem Rahmen eingespanntes Netz zum Strand- und Grundfischen
ein Schock einige
Schoner mehrmastiges Segelschiff
Schot Tau zum Bedienen eines Segels
Seemeile Längenmaß: 1 Seemeile = 1852 Meter
Shag fein geschnittener Tabak
Smutje Schiffskoch
Sottpüster ironisch-witzige Bezeichnung für ein Dampfschiff
Spökenfaxerei Spukerei

spornstreichs geradewegs
Steuerbord rechte Seite des Schiffs (in Fahrtrichtung)
Strohkate ärmliches Haus mit Strohdach
Strohwisch Strohbündel
Südwester klassischer Seemannshut aus wasserabweisendem Material
Takelung Anordnung von Masten und Segeln
Tamp Tauende
Tide Gezeiten
Törn Schicht bei einer abwechselnd ausgeführten Arbeit auf dem Schiff
Tort Ärger
Tramper Wildlederschuhe
Troddel zusammengebundene Fäden, die etwa zur Zierde von Kappen dienen
überspönig eigenartig
ungeschlacht grobschlächtig
verbaast verdutzt
verdorri verdammt
verhumpst gestohlen
Vollschiff mehrmastiges Segelschiff mit überwiegend Rahsegeln
Vorsegel Segel, die vor dem Großmast gefahren werden und für den Vortrieb entscheidend sind
Wanten zur Verspannung von Masten eingesetzte Seile
Watt seichtes Gebiet an der Meeresküste, das bei Ebbe nicht überflutet ist
Zollkanal Schifffahrtskanal am nördlichen Ende der Hamburger Speicherstadt, der zur Umfahrung des Freihafengebiets geschaffen wurde

Nikos Kavvadias *Die Schiffswache*

Auf dem Chinesischen Meer, Ende der Vierzigerjahre. Ein griechisches Frachtschiff – alt, ramponiert – ist unterwegs nach Shantou. Tag und Nacht stehen die Offiziere und Matrosen in langen Stunden des Wachens auf der Brücke. Sie erzählen sich tausend Geschichten über das, was ihr Leben ausmacht: die Endlosigkeit der Ozeane, die Häfen der Welt, die Abenteuer des Seemannsberufs.

Andreas Kollender *Teori*

Johann Georg Forster ist siebzehn, als er mit James Cook am 13. Juli 1772 den Hafen von Plymouth in Richtung Tahiti verlässt. Die Reise in der engen Kabine der Resolution führt in unbekannte Welten. Für kurze Zeit wird aus Georg Teori, wie ihn die Eingeborenen der Südsee nennen. Das größte Abenteuer seines Lebens macht ihn zum Mann, zum Wissenschaftler und zum freiheitlichen Humanisten, der sein Jahrhundert prägt.

Henry de Monfreid *Die Geheimnisse des Roten Meeres*

Henry de Monfreid stammte aus bestem Hause, war befreundet mit Matisse, Gauguin und Cocteau. Nach einigen frustrierenden Jahren als Ingenieur brach er 1911 auf nach Dschibuti am Roten Meer und nannte sich fortan Abd-el-Haï, »Sklave der Schöpfung«. Er kaufte sich ein Schiff und lebte unter Fischern, Perlentauchern, Schmugglern, Piraten, Waffenhändlern als einer der Ihren. Als *Die Geheimnisse des Roten Meeres* erschien, wurde er auf einen Schlag zur Legende.

Álvaro Mutis *Die letzte Fahrt des Tramp Steamer*

Die junge libanesische Reederin Warda Bashur hat sich in den Kopf gesetzt, einen geerbten Tramp Steamer von zweifelhafter Seetüchtigkeit als Frachtschiff zu betreiben. Der baskische Kapitän Jon Iturri lässt sich auf das ungewöhnliche Abenteuer ein – überwältigt von der eigentümlichen Schönheit der jungen Frau. Von Zeit zu Zeit kommt sie unvermutet an Bord.

Dudley Pope *Leutnant Ramage*

Man schreibt das Jahr 1796: Auf allen Weltmeeren ist die britische Marine mit Napoleon und seinen Verbündeten in blutige Gefechte verstrickt. Nicholas Ramage ist Leutnant auf der Fregatte Sibella, die vor der italienischen Küste von einem französischen Linienschiff versenkt wird. Ramage übernimmt das Kommando über die Schiffbrüchigen und rettet auch die bezaubernde italienische Adlige Marchesa di Volterra.

Rafael Sabatini *Captain Blood*

1685: Von heute auf morgen hat das ruhige Leben des Arztes Peter Blood ein Ende. Weil er einen verwundeten Edelmann behandelt, der in den Aufstand gegen König James II. verwickelt ist, wird er als Verräter verurteilt. Man deportiert ihn als Sklaven nach Barbados, wo er einem brutalen Plantagenbesitzer zu dienen hat. Der Angriff spanischer Piraten gibt seinem Leben erneut eine dramatische Wendung: Der Arzt wird zum gefürchteten Freibeuter.

Bücher fürs Handgepäck
Mexiko (UT 659)
Schottland (UT 644)
Peru (UT 643)
Marokko (UT 642)
Kambodscha (UT 638)
Kalifornien (UT 637)
Brasilien (UT 616)
Dänemark (UT 615)
Korea (UT 576)
New York (UT 575)
Vietnam (UT 574)
Neuseeland (UT 573)
Bayern (UT 554)
Namibia (UT 553)
Schweden (UT 552)
Sizilien (UT 551)
Kuba (UT 550)
Südafrika (UT 549)
Kolumbien (UT 548)
Patagonien/Feuerland (UT 547)
Innerschweiz (UT 513)
London (UT 512)
Belgien (UT 511)
Emirate (UT 510)
Kapverden (UT 509)
Kanada (UT 508)
Malediven (UT 507)
Norwegen (UT 506)
Indonesien (UT 476)
Hongkong (UT 475)
Toskana (UT 474)
Argentinien (UT 473)
Kreta (UT 472)
Sahara (UT 471)
Island (UT 470)
Japan (UT 469)
Myanmar (UT 443)
Tessin (UT 442)
Provence (UT 440)
Ägypten (UT 439)
China (UT 438)
Indien (UT 423)
Himalaya (UT 421)
Schweiz (UT 420)
Bali (UT 401)
Thailand (UT 400)

Hans Leip
Die Klabauterflagge (UT 658)

Dudley Pope
Trommelwirbel (UT 657)

Colette Die Katze aus dem kleinen Café (UT 656)

Frederik Hetmann (Hg.)
Wie Frauen die Welt erschufen (UT 655)

Nagib Machfus Der letzte Tag des Präsidenten (UT 654)

Yaşar Kemal
Die Ararat-Legende (UT 653)

Adak/Glassen (Hg.) Hundert Jahre Türkei (UT 652)

Giuseppe Fava
Ehrenwerte Leute (UT 651)

Petra Ivanov
Leere Gräber (UT 650)

Victor Serge Die große Ernüchterung (UT 649)

Robert Kurson
Der Blinde, der wieder sehen lernte (UT 648)

Krishna Baldev Vaid Tagebuch eines Dienstmädchens (UT 647)
Giselher W. Hoffmann Schattenjäger (UT 646)
Mia Couto Das schlafwandelnde Land (UT 645)
Friedrich Glauser Briefe I und II (UT 639)
Dudley Pope Leutnant Ramage (UT 636)
Andreas Kollender Teori (UT 635)
Tschingis Aitmatow Goldspur der Garben (UT 634)
Nagib Machfus Anfang und Ende (UT 633)
Marçal Aquino Flieh. Und nimm die Dame mit. (UT 632)
Edwidge Danticat Der verlorene Vater (UT 631)
Gustav Regler Die Saat (UT 630)
Maryse Condé Wie Spreu im Wind (UT 629)
Sia Bronikowski Einstieg in Fahrtrichtung (UT 628)
Jamaica Kincaid Die Autobiografie meiner Mutter (UT 627)
Giselher W. Hoffmann Die Erstgeborenen (UT 626)
Claudia Piñeiro Der Riss (UT 625)
Celil Oker Schnee am Bosporus (UT 624)
Jörg Juretzka Prickel (UT 623)
Mitra Devi Seelensplitter (UT 622)
Rob Alef Kleine Biester (UT 621)
Christopher G. Moore Nana Plaza (UT 620)
Bruno Morchio Kalter Wind in Genua (UT 619)
Leonardo Padura Der Schwanz der Schlange (UT 618)
Tamta Melaschwili Abzählen (UT 617)
Leonardo Padura Adiós Hemingway (UT 614)
Tschingis Aitmatow Abschied von Gülsary (UT 613)
Dmitri Mereschkowski Leonardo da Vinci (UT 612)
Jean-Claude Izzo Solea (UT 611)
Jean-Claude Izzo Chourmo (UT 610)
Jean-Claude Izzo Total Cheops (UT 609)
Jörg Juretzka Freakshow (UT 608)
Christopher G. Moore Der Untreue-Index (UT 607)
Ahmed Ümit Patasana – Mord am Euphrat (UT 606)
Petra Ivanov Tatverdacht (UT 605)

Nagib Machfus Das junge Kairo (UT 604)
Francine Marie David Bei den Grabräubern (UT 603)
Gisbert Haefs Radscha (UT 602)
Robert Kurson Im Sog der Tiefe (UT 601)
John Steinbeck/ Robert Capa Russische Reise (UT 600)
Herman Charles Bosman Mafeking Road (UT 599)
Monireh Baradaran Erwachen aus dem Albtraum (UT 598)
Barbara Gowdy Der weiße Knochen (UT 597)
Maurice Maeterlinck Das Leben der Bienen (UT 596)
Reginald Arkell Pinnegars Garten (UT 595)
Chantal Thomas Leb wohl, meine Königin! (UT 594)
Margaret Landon Der König und ich (UT 593)
Johnston McCulley Im Zeichen des Zorro (UT 592)
Nagib Machfus Miramar (UT 591)
Ma Thanegi Pilgerreise in Myanmar (UT 590)
Nigel Barley Die Raupenplage (UT 589)
Mo Yan Der Überdruss (UT 588)
Maryse Condé Segu (UT 587)
Garry Disher Rostmond (UT 586)
Masako Togawa Trübe Wasser in Tokio (UT 585)
Driss Chraïbi Inspektor Ali im Trinity College (UT 584)
Nathacha Appanah Der letzte Bruder (UT 583)
Halid Ziya Uşakligil Verbotene Lieben (UT 582)
Rob Alef Das magische Jahr (UT 581)
Mitra Devi Filmriss (UT 580)
Leonardo Padura Der Mann, der Hunde liebte (UT 579)
Jörg Juretzka Fallera (UT 578)
Patricia Grace Potiki (UT 577)
Jean-Claude Izzo Die Marseille-Trilogie (UT 572)
Rafael Sabatini Der Seefalke (UT 571)
Cecil Scott Forester African Queen (UT 570)
Louis Bromfield Der große Regen (UT 569)
Claudia Piñeiro Die Donnerstagswitwen (UT 568)
Nikos Kavvadias Die Schiffswache (UT 567)
Baby Halder Vom Dunkel ins Licht (UT 566)

Luigi Bartolini Fahrraddiebe (UT 565)
Nii Parkes Die Spur des Bienenfressers (UT 564)
Mo Yan Die Schnapsstadt (UT 563)
Nagib Machfus Der Dieb und die Hunde (UT 562)
Fergus Fleming Nach oben – Die ersten Eroberungen der Alpengipfel (UT 561)
Garry Disher Drachenmann (UT 560)
Juri Rytchëu Alphabet meines Lebens (UT 559)
Petra Ivanov Tiefe Narben (UT 558)
Bill Moody Auf der Suche nach Chet Baker (UT 557)
Jean-Claude Izzo Sonne der Sterbenden (UT 556)
Jörg Juretzka Sense (UT 555)
Christopher G. Moore Stunde null in Phnom Penh (UT 546)
Salim Alafenisch Die Nacht der Wünsche (UT 545)
Jørn Riel Nicht alle Eisbären halten Winterschlaf (UT 544)
Mano Dayak Geboren mit Sand in den Augen (UT 543)
Jörg Juretzka Rotzig & Rotzig (UT 542)
Domingo Villar Strand der Ertrunkenen (UT 541)
Pablo De Santis Das Rätsel von Paris (UT 540)
Daphne du Maurier Der Apfelbaum (UT 539)
Nagib Machfus Der Rausch (UT 538)
Pearl S. Buck Das Mädchen Orchidee (UT 537)
Richard Mason Suzie Wong (UT 536)
Kathleen Winsor Amber (UT 535)
Fergus Fleming Barrow's Boys (UT 534)
Shahriar Mandanipur Eine iranische Liebesgeschichte zensieren (UT 533)
Samson Kambalu Jive Talker (UT 532)
Fernando Contreras Castro Der Mönch, das Kind und die Stadt (UT 531)
Nagib Machfus Echnaton (UT 530)
Rafael Sabatini Der Schwarze Schwan (UT 529)
Emilio Salgari Sandokan (UT 528)
Jörg Juretzka Alles total groovy hier (UT 527)
Petra Ivanov Stille Lügen (UT 526)
Jørn Riel Arluks große Reise (UT 525)
Salim Alafenisch Amira. Im Brautzelt (UT 524)